发现微型小说的秘密

谢志强 ◎ 著

百花洲文艺出版社
BAIHUAZHOU LITERATURE AND ART PRESS

图书在版编目（CIP）数据

如何发现微型小说内部的秘密 / 谢志强著. —— 南昌:百花洲文艺出版社, 2021.12（2025.1重印）
ISBN 978-7-5500-4465-4

Ⅰ.①如… Ⅱ.①谢… Ⅲ.①小小说 – 小说创作 – 创作方法 Ⅳ.①I054

中国版本图书馆CIP数据核字(2021)第218407号

如何发现微型小说内部的秘密
RUHE FAXIAN WEIXINGXIAOSHUO NEIBU DE MIMI

谢志强　著

出 版 人	陈　波
责任编辑	李梦琦　高　翔
书籍设计	黄敏俊
制　　作	何　丹
出版发行	百花洲文艺出版社
社　　址	南昌市红谷滩区世贸路898号博能中心一期A座20楼
邮　　编	330038
经　　销	全国新华书店
印　　刷	三河市嵩川印刷有限公司
开　　本	787mm×1092mm　1/16　印张 12.75
版　　次	2022年2月第1版
印　　次	2025年1月第3次印刷
字　　数	200千字
书　　号	ISBN 978-7-5500-4465-4
定　　价	42.00元

赣版权登字：05-2021-404
版权所有，盗版必究

邮购联系　0791-86895108
网　　址　http://www.bhzwy.com
图书若有印装错误，影响阅读，可与承印厂联系调换。

目录

关于双重性：遗失灵魂的人

2019年10月公布的2018年诺贝尔文学奖得主、波兰作家奥尔加·托卡尔丘克首部图文并茂的并多次获奖的童书《遗失的灵魂》，现今在中国亮相。

版权页注明为长篇小说。就字数来算，只能定为微型小说，一千余字，是标准的微型小说篇幅，再加上绘画的页码，够"长篇"的规模了。可谓"号称长篇"。但是，微型小说以开放式呈现，不失为新颖出奇。一篇微型小说能装扮得如此豪华、亮丽，与绘画结合，形成别致的文本。我设想，如若选择五篇微型小说，配上绘画，以"集团军"的方式进入童书领域，会是怎样的景象？

好的童书，或称儿童文学，老少皆宜，同时，也探索成人的主题。比如《小王子》，它就老少通吃。

《遗失的灵魂》探讨的是双重性的问题。灵与肉，即灵魂与躯体。一个人忙于世俗的事情，把灵魂远远地丢在身后，于是他觉得四周空空如也，同时，觉得躯壳里也空空荡荡，他被诊断为弄丢了自己的灵魂。唯一的办法就是停下，等待灵魂赶上来。其中，描述他等待的时间："胡子甚至垂到了腰间"，"终于——"灵魂气喘吁吁地追了上来，从此，灵与肉合而为一。

高级的作家还进一步往细里掘进：他还做了一件事——把手表和行李箱（这两个物件象征着快的现实）都埋在后院。他过起了慢生活。

于是，出现了儿童文学的元素：手表里长出了美丽的花朵，仿若铃铛，行李箱里生长着一个大南瓜。

花朵、南瓜，是相对城市快节奏（手表、行李箱）生活的大自然的慢节奏，是季节性的时间。

托卡尔丘克在一千余字的微型小说里，简约、明快地呈现了一个重大的存在境遇，从而让我们觉悟：应当过什么样的生活？尤其是在加"快"的现实中，会缺失什么？寻找什么？由此，警惕灵与肉的分离，不至于沦为行尸走肉。

关于双重性——灵与肉、快与慢的悖论，我们没有警觉，但可能经历过。我曾写过类似的一篇微型小说，归为"艾城系列"。其中的人物，行动迅疾，躯体总是跑在前面，而灵魂滞后，她跑到目的地，疑惑：我来干什么？返回去询问，知道了要做的事。灵与肉的分离，这是现实中发生的事情，称为"没带脑子"，或"丢了魂"，可归为托卡尔丘克所写的"遗失的灵魂"的同类人。看来，这类人还有"普遍性"。

双重性问题，有个强劲的小说谱系，比如卡尔维诺的《一个分成两半的子爵》，而博尔赫斯、史蒂文森尤其擅长表达双重性。

2018年1月30日，我读托卡尔丘克的小说《白天的房子，夜晚的房子》，在扉页记下如下点评：杂糅与碎片——当今世界小说的进化标本。我感觉此作像是挣脱或剥离了时间的束缚，以碎片化的形式呈现，由此，成为一个永恒的故事。寓言小说，我尤其喜欢其中笼罩、流动、弥漫着非线性的气息，像是民族记忆的定格。

换个角度，也可将其视为一系列微型小说式的碎片组成的长篇小说。我期待她的长篇小说《逃亡者》，该长篇由116个短篇构成，也可视为系列微型小说组合成的长篇。每篇都独立自主。

那么，微型小说在当下，不是能够采取系列的方式呈现吗？由此，形成了长篇小说与微型小说的能量平衡。

我甚至猜测，《遗失的灵魂》可能是托卡尔丘克某部已写或将写的长篇小说的一章。因为，我在其长篇小说《白天的房子，夜晚的房子》里时而见识过这类微型小说式的片段。我在读长篇小说时，往往像小孩玩积木，忍不住会"拎"出其中一个片段，当成微型小说，托卡尔丘克和卡夫卡的长篇，轻易地让我"拎"出好多篇，还独立成篇，不失为一种阅读的乐趣。

附文

遗失的灵魂

[波兰]奥尔加·托卡尔丘克　著　　龚冷兮　译

曾有这样一个人，他总是忙碌而辛劳地工作着。从很久以前开始，他的灵魂就被他远远地丢在了身后。没有了灵魂，他竟还是过得很好——睡觉、吃饭、工作，甚至还打网球。然而有时候，他会觉得四周空空如也，觉得自己就像行走在数学笔记本里一张光滑的纸上，四周满是纵横交错、无处不在的网格线。

在某一次出差的旅途中，这个人半夜从酒店的房间里醒来，突然觉得无法呼吸。他看着窗外，却不太记得他是在哪座城市，毕竟从酒店的窗户向外望去，所有的城市并无不同。他也不太记得他是怎样来到这里的，又是为什么来到这里的。而更不幸的是，他忘记了自己姓甚名谁。这种感觉很奇怪，因为他不知道该如何称呼自己，只能沉默。整个清晨，他都没有说话，真切地感受到了无比的孤独，就好像自己的躯壳里空空荡荡。他站在浴室的镜子前，所看到的自己不过是一片模糊的污迹。有那么一刻，他想他是叫安杰伊的吧，但下一秒他又确信，他叫玛丽安。最后，他惊慌失措地从行李箱底翻出了护照，看到了他的名字——杨。

第二天，他去见了一位年迈而睿智的女医生。

医生说："如果有人能从高处俯瞰我们，他会看到这个世界上到处都是行色匆匆、汗流浃背、疲惫不堪的人，以及他们姗姗来迟、不翼而飞的灵魂，它们追不上自己的主人。巨大的混乱由此而生——灵魂失去了头脑，而人没有了心。灵魂知道它们跟丢了主人，人们却时常没有意识到，他们遗失了自己的灵魂。"

这样的诊断令杨大惊失色。

他问："这怎么可能呢？我也弄丢了自己的灵魂吗？"

睿智的医生回答他："之所以会这样，是因为灵魂的移动速度远落后于你身体的移动速度。在宇宙大爆炸后那遥远的时光里，灵魂一同出世。当这宇宙还未如此步履匆匆时，它总是能够在镜中清晰地看见自己。你必须找一个地方，心平气和地坐在那里，等待你的灵魂。它一定还停留在两三年前你所在的地方，所以这份等待也许会历久经年，但这是唯一的办法了。"

这个名叫杨的男子照着做了。他在城市的边缘为自己寻到一座小屋，每天坐在椅子上等待着，其他什么事也不做。就这样持续了很多天，很多个星期，很多个月。他的头发长长了，胡子甚至垂到了腰间。

直到很久之后的某天下午，门被敲开了。他丢失的灵魂站在那里，疲惫不堪，风尘仆仆，伤痕累累。"终于——"它气喘吁吁地说。

从那以后，杨过上了真正快乐的生活，为了让灵魂能够跟上他，他有意识地放慢了生活的节奏。他还做了一件事——把手表和行李箱都埋在了后院。从手表里长出了美丽的花朵，仿若五彩缤纷的铃铛。行李箱里则有个巨大的南瓜在生长，那是在此之后的每一个宁静的冬日里，他得以饱腹的食物。

（选自山东画报出版社《遗失的灵魂》）

笔记体微型小说：老实人形象的新意

日本新本格派推理先锋作家京极夏彦《旧怪谈》里（被称为"日本聊斋"），我选择哪一篇来说呢？

多年前，我曾从日本古典名著的《今昔物语》（三册）中提取素材，写就系列，在针对中小学的周报连载过。其实，那是重述神话的热点之中的表达。鲁迅的《故事新编》已有先例。博尔赫斯基本上是从书到书的作家，他甚至在多篇小说后注明出处。我在小说评论集《给石头穿衣》里，有一篇《绘画故事：有什么值得偷窃》，专题探讨几个国家的不同作家"偷窃"同一个古代故事，从而翻出新意。高明的作家都善于"偷窃"，低级的作家只会模仿。我的微型小说集《被束缚的诗人》，写了西域古丝绸之路的"魔幻"，它是"偷窃"的成果。换个词是发现后的重述。应和了卡尔维诺《未来千年文学备忘录》所指出的未来千年文学趋势之一：利用库存资源。过去的官方史料、民间传说，均为"利用"的对象。

《旧怪谈》"偷窃"（换个词叫"利用"）的是日本江户时期的《耳袋》，体裁分类为杂文。无非是两百年前的作者根岸镇卫道听途说，从街谈巷议里获得的逸闻趣事、奇谈怪论、闲话谣传，多为民间传说，侧重于趣味性，被当代人视为"怪谈"。后人又模仿编撰了《新耳袋》。京极夏彦可谓作品被译为中文最多、印量最大的日本作家，他新编的《旧怪谈》标明了选自《耳袋》，别有一番情趣。

《旧怪谈》腰封写着：全新演绎日本怪谈开山之作。我认为"开山"算不上。35篇重述，有着笔记体小说的味道。我想为何不同国度，不同的时间，背靠背，不约而同地采取相似的表达方式：权且称为笔记体小说，而且是系列微型小说的规模。存在先于命名，便于好理论，打出个旗子，召集类似的写法。笔记体小说是中国小说丰富的传统。墨西哥女作家玛斯特尔塔（被誉为"穿裙子的马尔克斯"）在《大眼睛的女人》里也用了类似的表现，塑造了一群生机蓬勃的姨妈。我又一厢情愿、自以为是地把其纳入这种表达方式的旗下。

《旧怪谈》有35篇，究竟选哪一篇为例，我颇费思量。同一部书，不同时间阅读，且重读，会读出不同的意味：过去重要的不重要了，不重要的重要了。我还渐渐消减，就像参评小说，初评，复评，终评。入围三篇：《拽了拽袖子》《如此遗言》《老实人》。

套用艾柯《悠游小说林》中的话，一旦进入小说林，要做好精神准备，因为在小说林里，狼会说话——这三篇以变体的方式"说话"——死者、猫、鬼。《拽了拽袖子》，一个大人和一个小孩成为忘年交，没想到后来邂逅的是已死亡的小男孩，不过，小手拽了拽他的袖子，这个细节证明小男孩活着。但是现实里，小男孩得了天花，已死了。幻觉和现实的界限已混淆，可见两个人的交情有多深厚了。这使我想到莫言的微型小说《奇遇》。

《如此遗言》是祖父的遗言，形成这个家族不养猫的约定，可是祖父养过猫——猫突然说话，对祖父的行为发出人类的小孩般的感叹：遗憾啊。祖父只是愤怒——用火筷子去惩罚，由此维护人类的权威，猫怎么可以说人话呢？由此人与猫由亲近转为对立，猫逃离了这个家。看来祖父没做好精神准备——他还没有真正平等地爱那只猫。

京极夏彦是日本独特的妖怪型推理作家，新本格派先锋（所谓先锋，不是题材，而是精神）人物，其作品多取材于日本古代的鬼怪传说，跟中国的志怪小说相似，但他注重推理。《旧怪谈》保持着他的悬疑和推理，而小说精神相当贴近当今，结尾往往放空缘由：不确定性或不了了之。有一点尤为特别：他的笔记体小说充满趣味。我喜欢跟有趣的人相处，而读小说，也在乎其中的趣味。京极夏彦的《旧怪谈》，有孩子般的天真和意趣。叙述从容，放松，不显出刻意制造悬念之痕，好似一个小孩听大人说有趣的故事，恐怖的故事并不恐怖，如同发生在日常生活中那样。背后，却能感受到京极夏彦对生命对生灵怀有悲悯。

最后选定《老实人》。小说的人物长廊或谱系里有众多"老实人"。"老实"这个概念，现实生活中已带着贬义。小说要采取小说的方式恢复"老实人"的尊严。现实中缺什么，小说中就补什么，像补天。

写老实的人多矣，可写老实的鬼难得。写鬼，其实写人。《老实人》中管账房的先生出差，带着听差的佣人，佣人就是老实人，很可靠很可信，可是，老实人突然要辞职——有一项不可推卸的义务。他如实告知：我本不属于人类。对长期隐瞒身份表示内疚，而且，直言"我本是魍魉（鬼怪）"。有意思的是，先生竟然不惊奇不害怕，笑着说："你突然这么说，让我感到非常为难。"

进而写了老实人的恭敬、认真、道歉、无奈的态度——可见他很本分很实在。先生不得不中途失去得力的助手。京极夏彦沉着从容地穿行悬疑的迷雾，展开情节（对话的方式）。读者终于知道老实人的义务是领取尸骸，而且为死者举办葬礼。死者对死者的义务，反衬出活者对死者的态度。以轰动的葬礼呈现已是死者的老实人还"活"着——对承诺的践行（放弃薪水，销声匿迹）。老实人不隐瞒，不回避自己的义务（相当于志愿者）。以其言行塑造了一个活生生但已死了的老实人，他以魍魉的形式和活人共事——传奇或奇迹，不过，作家以平常的口气进行叙述。只有见多识广、阅历丰富的人才能以这种视角看待生生死死，此为小说的生命意识。给老实人的成活创造出适当的时空。

《老实人》的启示：一是微型小说的要务是写人，借汪曾祺的《陈小手》里的话，作家"活人多矣"；二是，微型小说要写出新意，要放在中外人物的谱系中去关照,从而写出独特的"老实人"。

附文

老实人

[日]京极夏彦 著 王延庆 译

那是账房的S先生因外出普请,赶赴美浓(现在的岐阜县)时的事情。

旅途中,S先生随身携带着一个听差的佣人,以便在自己身边照料。这个佣人平日谨言慎行,工作勤勤恳恳,很是吃苦耐劳。

因为这个佣人办事认真,老实忠厚,所以S先生视其为珍宝,时常委以重任。最让S先生满意的,便是他为人正直。

某天晚上,忙碌了一天的S先生,回到旅馆后便倒在了床上。就在他迷迷糊糊快要睡着的时候,听差的佣人走了进来。

S先生对那个佣人非常信任,他既没有起身,也没有提防,躺在床上问那个佣人:"出了什么事情?"

S先生显得十分困倦。

佣人恭恭敬敬地走到他的床前,说:"有件事情想跟您商量。"

深更半夜的,S先生感到事情非同小可,却又昏昏沉沉地只想睡觉。他意识蒙眬地对佣人吩咐道:"有什么话你就直说吧。"

于是,只听得佣人说:"我本不属于人类。"

"后来想起来,我当时只是随口说了一句,你可是在开玩笑?"S先生这样说,"当时,我似乎已经陷入梦境中,并没有意识到事情的严重性。"

佣人绷着脸,一本正经的样子,继续说:"承蒙您的大恩大德,我却一直对您隐瞒身份,为此我深感内疚。实话说,我并不属于人类,我本是魍魉（注：日本传说中的一种鬼怪）。"

"你突然这么说，让我感到非常为难。"S先生笑着说。

因为正睡得迷迷糊糊，S先生也就没顾得上考虑太多。

那个男子的态度始终恭敬有加，说话的语气也非常认真。S先生似乎对他那些"不属于人类""本是"等超乎常理的字眼置若罔闻，只是张口问道："到底出了什么事情？"

那男子正了正衣襟，深深地低下头说："此次由于不得已的原因，我不得不辞去工作。事情紧迫，特地前来告辞……"

S先生一时间迷惑不解——倒不是对那男子奇怪的话语感到困惑，而是他这个时候辞职，让S先生十分为难。旅行途中失去得力助手，一定会给自己带来诸多不便。

为此，S先生继续问道："你做事一向认真，我从心里对你表示感谢。现在你说由于不得已的原因不得不辞去工作……如果无妨，能不能告诉我是什么原因？"

那个男子回答道："我们这些魍魉，有一项不可推卸的义务。我们按照顺序轮流履行这项义务，明天恰好轮到我。"

S先生问他是何义务，那男子回答道："领取尸骸的义务。"

距S先生下榻的旅馆一里路远的地方，有一户农家死了人，魍魉必须将尸骸领回。那男子这样解释道。

"接下来的事情我就记不清了。"S先生说。

S先生开始进入睡眠。那男子突然消失得无影无踪——S先生似乎已有所感觉。说起来，这一切都好像是个梦，所以S先生并没有觉得特别奇怪。

第二天早晨，S先生醒来后，知道自己做了个怪梦，而且没有任何依据，自己觉得这真是很无聊。

可是，身边真的不见了佣人，问旅馆老板他也说不知道。

似乎昨夜发生的事情并非是梦。

佣人果真已经离开，天亮之前便不知去向，这些都已经成为现实。

可是，如果这些是事实……

那个男子毫不隐讳地说自己是魍魉，这到底又是怎么回事？S先生百思不得其解。看来，这其中必有难以启齿的理由。

那男子一向忠诚，凡事在主人面前从不隐瞒。老实人说瞎话立刻就会暴露。正因为无论如何也不会令主人相信，所以才找出了这么荒诞无稽的理由，这样做或许正是那个男子忠义的表现。S先生这样分析。放弃薪水，销声匿迹，看来真是到了山穷水尽的地步。S先生决定不去寻找那个男子了。

之后不久，S先生听说，就在那男子消失的当天，一里路外的一户农家正举行葬礼。

葬礼的场面在那一带引起了极大的轰动。

据说，当送葬队伍走到田间小路时，天空突然间乌云密布。

"实际上，根本就不存在什么难以启齿的理由。"S先生愁眉苦脸地说，"他到底是个老实人。"

待乌云消散以后，棺材里的尸骸果然被什么人挟持而去。

"如此看来，那个家伙，他依旧是个努力工作的老实人啊。"S先生又补充道。

（选自万卷出版公司《旧怪谈》）

经验写作：女作家讲述成长故事

小说就是写关系，不同的关系生成不同类型的小说。其中，有一种基本关系：男人女人。这是人类的基本关系和成分。男人和女人的关系生成了爱情小说。而且，有男人写的爱情小说，有女人写的爱情小说。这就像博尔赫斯的《双梦记》，双方都梦见对方的"宝藏"。

我选择美国作家桑德拉·希斯内罗丝的小说集《喊女溪》中的两篇微型小说：《男人女人》和《面包》。看一看女作家如何写爱情。表象上，采用超然的第三人称，本文中还是明显地透露出女性视角。

我曾当过小说（长、中、短及微型小说）编辑，看作品，我会揣摩作者：有什么阅读背景？是怎样一个人？时常猜个八九不离十。我相信，真正的好作品，为人为文一致，阅作品识作家。我有几位文友就这么结识的。

国内已出版希斯内罗丝的三部作品。成名作小长篇《芒果街上的小屋》，可视为微型小说集。代表作《喊女溪》，短篇小说集，含有多篇微型小说（2019年底，又以《芒果街上的小屋2》再版，其实，人物已不在芒果街了），均为碎片化的表述。随笔集《我的芒果街上的小屋》，是自传加创作谈，是上两部作品的诠释：素材怎么来的？又怎么处理的？三部作品相互映照，希斯内罗丝就"活"显出来。她的创作路子，是经验写作。题目中，我用了"故事"，其实，她的小说是"没事"，且琐碎，即不擅长情节曲折、矛盾冲突的故事，注重突出的是诗化的细节。

我想到了两个词：错位，融合。《男人女人》是错位，《面包》是融合。

《男人女人》起头就是"有一个男人，还有一个女人"。无姓无名。暗指天下爱情错位的男人女人。人物所有的生活中，作家截取了一个点展开那一个男人一个女人的错位——发薪水的日子，男人女人到同一个友谊酒吧花钱、喝酒（友谊成了反讽）。写了男人女人发薪水的不同时间（当然不共事），和喝酒时的不同情绪，竟然有共同的反应：一言不发，或放声大笑。

读者期待男人女人相识相亲（一不留神，就会落入俗套了），但是，作家颠覆了读者的期待，仿佛你要什么，我偏不给你。因为要表现的是错位——失之交臂。

生活中，有一种模式在重复，每个人都能感到。这么好的"友谊"场所，男人女人仅仅以酒浇愁——宣泄（隐掉了苦闷和失意的故事）。如果将生活比喻成一条河，有两个层面：泡沫和潜流。作家仅给读者呈现了泡沫，但我仍感觉到潜流——暗流涌动。

在各自的家里，举头望明月——一轮月亮，统合了男人女人的向往。女人哭了，男人"咽了口唾沫"。这两个始终不认识的男女仍天各一方——错位着。

桑德拉·希斯内罗丝是美国当代著名女诗人，墨西哥裔，是全家七个孩子中唯一的女孩。是当今美国主流文学最有灵气、最为出名的"边缘化"少数民族作家。她的成名作《芒果街上的小屋》，入选美国大中小学教材，可谓"通吃"了。我曾在此作中选过一节《许愿》，作为微型小说来评介。至今仍没读过她的诗作。但是，她的微型小说有诗性，或说，是散文化的诗，有了诗歌的意境、韵味。她的小说基本主题是成长，女性讲述的成长故事。爱情也是一种成长。采取马赛克的碎片呈现，所以，每一章都像微型小说，也如诗。

《男人女人》在成长，但错位了。那一轮共同仰望的明月，显示了作家的诗意表达，给了灰色的重复以明亮的希望和暖意。生活得以升华。

同时，升华了作品。

《面包》开头无主语的两个字：饿了。结尾：吻了。谁饿了？那对男人女人的关系，则是由面包的细节来融合。大的城市，小的面包，大背景里的小面包，作者着重写了面包的形状（肥臀）、味道。在车里，吃面包，听音乐，车像个音乐舞台，那是容纳了一对恋人的小空间，情感投射到大城市，还有儿时的回忆，所有这些转瞬即逝——转换、投射。城市小说的节奏。大又转为小：结尾，"他在大口大口咬面包的同时吻我"。

面包承载着物质和精神，面包随着叙述（没有故事）在膨胀，整篇小说仿佛在发酵，烘焙。双重的饥饿都得到了暂时的满足。作者并不刻意往形而上那个层次推，让面包自然地在嘴上飞扬。

没事的微型小说，却让我记住了月亮、面包。甚至面包像月亮，在我的脑海里升起。希斯内罗丝给人以启示：怎么看待和表现模式化的日常生活？怎么在灰暗的日常生活中投射诗性的阳光？

有人问汪曾祺：小说怎么写？汪老答：随便。汪曾祺说过：现在的小说太像小说。潜台词便是，太像小说的小说，那些作家心里有概念、有模式。希斯内罗丝没有套路，她没刻意要写或在写微型小说，却写成了诗一般的微型小说。小说家族里，微型小说最亲近诗歌。小东西一起，相互致敬，抱团取暖。

附文

男人女人（外一篇）

[美] 桑德拉·希斯内罗丝 著　夏末 译

有一个男人，还有一个女人。每个发薪水的日子，每隔一个星期的星期五，男人就会跑到友谊酒吧去喝酒，花钱。每个发薪水的日子，每隔一个星期的星期五，女人会跑到友谊酒吧去喝酒，花钱。男人每个月第二和第四个星期五发薪水。女人每个月第一和第三个星期五发薪水。因此，男人和女人并不认识。

男人和他的朋友喝啊喝啊，相信自己喝着喝着，心里的话就能更流畅地流出来，但通常他是光喝酒，一言不发。女人和她的朋友喝啊喝啊，相信她喝着喝着，心里的话就能更流畅地流出来，但通常她是光喝酒，一言不发。每隔一个星期的星期五，男人喝着啤酒，放声大笑。中间一个星期的星期五，女人喝着啤酒，放声大笑。

在家里，当夜幕降临，月亮升起来的时候，女人抬起灰色的眼睛看着月亮，哭了。男人在他的床上凝视着同一轮月亮，想着在他之前望着这轮明月的人，那些在这同一轮宁静可爱的月亮前许愿、相爱或死去的人。那一泓清辉照进了他的窗户，与床单的光泽纠缠在一起。那月亮，同一个圆圆的O。男人看着，咽了口唾沫。

面包

饿了。我们走进格兰大道一家面包店，买了些面包，堆满了车子的后座。整个车厢里都是面包的味道。大个儿的酸味面包形状像个肥胖的臀部。肥臀面包，我用西班牙语说道，Nalgona（注：西班牙语，意为"大屁股的女人"）面包。肥臀面包，他用意大利语说，但我忘记他是怎么说的了。

我们用手撕下一大块吃起来。那辆车是珍珠蓝，像我那天下午的心情（注：英文blue也有"忧郁"的意思）。面包温暖的味道，两个手掌里都握着面包，磁带里传出探戈舞曲，很响，很响，因为我和他，我们能忍受那样的声音，好像那些乐音，小提琴、钢琴、吉他、贝斯，都在我们体内，好像他没有结婚，还没有孩子，好像我们都还没有经受那些痛苦。

沿着街道开着车，他说那些建筑让他记得这个城市有多么迷人。我想起我小的时候，一个表兄的小孩就在那样一栋建筑里因为吞下老鼠药死去了。

　　就是这样。我们就这样开着车。他留下了他新城市的记忆，我记起了我以往的事情。他在大口大口咬面包的间隙，吻我。

（选自译林出版社《喊女溪》）

外人：微型小说中的一道闪电

　　土耳其与我曾经生活过二十多年的新疆，有一点共同之处：东西方文化的交汇之地。新疆的丝绸之路古道，至今仍滋养着我的小说精神。

　　土耳其有两位我喜欢的作家：获诺贝尔文学奖的奥尔罕·帕慕克，他只写长篇小说，大的；而赛恩·艾尔干的《山雀》，有23篇微型小说，或说，是系列微型小说集，小的，2017年获欧盟文学奖。艾尔干是80后，1982年生于伊斯坦布尔。两位年龄相差近30岁的作家，同在一座城市生活，是否见过面？相见了怎么交流？当然，双方都知道对方的存在，这就够了。大的和小的，我都一视同仁。作家各自有着规模意识。比如，契诃夫的日记，卡佛的创作谈，都多次声称要写大东西——长篇小说，却没写出来。我看是"憋"不出来，硬憋是憋不出的。规模意识决定了他们只能写短篇。但是，两位均以写短篇小说成为经典作家。两位还写过多篇微型小说。

　　我觉得，我们民族向来崇大歧小，图大贪大。其实，像物种，长颈鹿和蜜蜂，都是有生存智慧的生灵。蜜蜂、麻雀可比喻为微型小说。麻雀虽小，五脏俱全；西部、江南，都有麻雀，我在沙漠里见过麻雀，不由得生出敬意。

　　通常，获奖后，作家创作会走下坡路，但是，帕慕克获奖之后，其作品质量在往上升，长篇小说《我脑袋里的怪东西》，个人命运与时代变化融合在一起，沉着推进，又扎实又结实。其实，作家就如同那个人物，脑袋里有怪东西。艾尔干的"怪东西"，以碎片化的形式出现，应对了现实的碎片化。这可视为微型小说对现实生活做出的灵敏、快捷的反应。

《山雀》里的23篇微型小说，好像23只山雀。以童年的"我"的视角为线，串起了芸芸众生情感之珠，串珠为链，构成气息相通却又独立成篇的系列微型小说，从而发现人生的秘密。同时，"我"也在成长。我在2018年10月23日阅毕，记下一段体会："写微型小说，其实写观念，所谓观念，就是作家对人生的理解、发现，如何看人看世的视角和方式，统帅着作品，即使写系列微型小说，亦如此。当然，观念不能显露，不能硬塞，那会损害微型小说，而是通过人的生存境况体现，就是人物怎么说，怎么做！"

因为，我读出《山雀》里有"统帅"或笼罩的东西，权且说是观念吧。难得的是艾尔干很克制，叙述简洁含蓄，节奏明快。我读出了冰山一角那水下部分的大基座，那是有底气的"省略"。丰富着的省略是胸有成竹，稀缺着的省略是故弄玄虚。

《外人》中的外人是祖母。这是一个逃离的故事。逃离是小说的一个母题，但是，不同国家，不同民族的逃离方式和结果各异，记得日本古典名著《伊势物语》里有篇微型小说《露珠》，也写夜色中的逃离。《外人》中，逃离家乡又被找回来的祖母精神上出了些问题——疯了。被众人视为疯子的祖母却对孙子说了其逃离的故事，黑暗、迷路，记忆也如此，不过，祖母清晰地回忆起被找回后，母亲给她洗澡，"可能跟变相的打骂没区别"，"生活不会有任何改变"。逃离是要改变生活境况。结尾一句，祖母说"我在家里就像个外人"，孙子认同了她的处境：点了点头。

清晰地写了孙子——"我"由怀疑到明确的转变。此作，省略了祖母在家的境况——那是隐掉了故事。每句话背后都隐着话，写到她在家像个外人，如同乌云笼罩的天空，突然出现一道闪电；像茂密的记忆树林里，突然惊飞了一只山雀。有力度的一笔：外人是祖母在家中的窘境。

祖母与孙子"我"的关系，我是怀疑者，最后认同了祖母，有了温暖。微型小说写冷、写暗，更要显示暖和亮。有意味的是，不确定的表达："在我七八岁，还不到九岁的时候"（自己的年龄也确定不了），却明确地记住了祖母的回忆。祖母被视为疯子，她自己说自己："也许是装的，也许不是"（这种肯定加否定的表述，说自己装，那就是意味着不疯）。这种肯定加否定的表述是作家对难掌控而又不确定的现实的一种谦卑态度。

《山雀》像是一棵茂盛的微型小说之树，落了一树山雀。还有《大麻与失望》《大鸡和小鸡》《法规》《皮带的入侵》等篇什，均可圈可点，有象征，有寓意，其中可感受到80后作家艾尔干的精神的丰沛，同情、怜悯、尊重、勇气等等可贵的情感底蕴，正是这种情感照耀着人与人的关系，使得冷中有暖，暗中有光。那曾是福克纳在诺贝尔文学奖答谢辞中强调的维系着人类共通的情感。我想，微型小说无论长短、大小，含有高尚的情感，就能引起共鸣，因为，存在着恒定的人性和情感。这也是微型小说存在的理由。

附文

外人（外一篇）

［土耳其］赛恩·艾尔干　著　　刘勇军　译

在我七八岁，还不到九岁的时候，我的祖母精神上出了些问题，时不时发作。虽然我当时年纪小，但仍记得我怀疑过祖母是装疯的。

"也许是装的，也许不是。"她自己也曾这么说过。

或许她是真的生了病，那个时候谁也说不准。

"我很害怕，"她说，"所以我从家里逃了出来。你知道那个年代的世界是什么样的吗？"

我摇摇头。

"到处都是山，没一块平坦的地方，所以房子看上去像随时会倒塌一样。反正，我逃了出去，从陡峭的山顶逃了出去。"

祖母抬起手，用手指缠起一绺头发，拧成卷，再散开来，落在肩头，就成了带弯的卷发。

"我跑得太远了。"她回忆道，"等我冷静下来时，发现已经迷了路。我也不知道怎么回去，就漫无目的地乱走。后来天黑了，我害怕极了，不知道该怎么跟你形容那种感觉。我找了个角落，蜷缩起来，哭着哭着就睡着了。家里人找到我的时候，我浑身都湿透了，我一定是太害怕，所以把衣服都弄湿了。我记不太清了。他们把我带回家，母亲给我洗的澡，说是洗澡，可能跟变相的打骂也没什么区别。当然，生活不会有任何改变。"她说道。

祖母又崩溃了。

"我在家里就像个外人，你明白我的意思吗？"

我点了点头。

法规

法令部禁止步行的命令实行的前几天，日常生活都被打乱了，但随着时间的推移，一切都恢复了正常。

从第一天开始，对于那些只是从一个停车场到另一个停车场的人来说，事情并没有改变，而且，他们很高兴看到路上没有行人。其他人都是通过悬在公寓楼之间的绳索上下班。

尽管现在需要更多的时间，但他们还是可以完成每天的任务。

人们自然不会甘心忍受这样的禁令。许多专栏作家都用激烈的言辞批评市议会的决定，他们不仅称街道是城市文化的一个重要组成部分，而且还呼吁人们上街抗议。然而，除了这项禁令外，还有市议会的严厉措施，谁要是出言侮辱就严惩不贷，所以并没有出现抗议示威这样的事。

去上班的需要战胜了哪怕是最激烈反对这项禁令的人，人们想方设法在不步行上街的情况下继续生活。

很长时间过去了，人们都忘记了步行上街其实是被禁止的。随着时间的推移，步行上街这个概念成了神话传说，由爷爷讲给孙子听。

塞利姆在这座城市最高的摩天大楼顶层上班，和其他人一样，他的双脚从未踏上过街道。有一天，在炽热的天气下，绳索松了，他下降到了十米高的地方，那是他距离地面最近的一次。

又有一天，他在摩天大楼的屋顶平台上抽烟，看到了一只鸟。他在日常生活中比其他人见到的鸟都多，所以早已习以为常，但这只鸟和他见过的其他鸟都不一样。它的翅膀很小，所以它能飞那么高，真是奇迹。鸟的头上有一块黑色痕迹。它一动不动地看着塞利姆。然后，它飞到了他的上方，一眨眼就不见了。在接下来的几天，同样的事发生了无数次。

那天，塞利姆来上班，带了一条末端有长钩的绳索。他来到屋顶平台，看见那只鸟又来了，正在等他，盯着他看。他们互相盯着彼此看了一会儿，那只鸟再次鼓翼而飞，向着相同的目的地飞去，消失在了他的视线中。

塞利姆将绳索抛向空中，随着一声尖锐的铿锵声，钩子钩住了什么东西。从下面看，绳子看起来好像悬在了半空中，但是，钩子钩住了什么东西，肯定通往什么地方。

他开始向上爬。他消失在了人们的视线中。

到了第二天，没人注意到塞利姆没来上班。接下来的几天，他的一个同事发现屋顶平台上有根绳子悬在半空中，他爬了上去，也消失在了人们的视线中。

随着时间的推移，城市里有越来越多的人把绳子抛向空中，都消失了。

到法令部下令禁止爬向天空的时候，城市里已没剩几个人了。

（选自百花洲文艺出版社《山雀》）

怪人的帽子：作家介入人物的分寸问题

很多经典作家都有一个文学根据地，以童年、青年生活过的地方为原型，虚构出一个小城或小镇或小村，然后，倾其一生，写那片"邮票大的地方"——福克纳就是如此。而马尔克斯采取他的方法虚构了一个马孔多；艾丽丝·门罗的七部系列短篇小说，基本是写她那个小镇。

其实，这也是系列微型小说可行的方法。由此，创造一个自主的小世界。从而，能够摆脱单篇微型小说的单薄。让一滴水汇入河流，让一粒沙落入沙漠，让一片叶进入森林，形成丰富而又丰满的形象。因为，每个人，每个作家的生活经历都有独特性，包括其生活地方的风俗人情、地域环境。

我六岁去新疆塔克拉玛干沙漠边缘的绿洲，直至二十六岁，考上师范，才第一次走出那片邮票大的绿洲——那个农场的前身是三五九旅七一八团，出过二十三位共和国将军，我念小学时，一个副团长就是少将（后来才知道）。农场有多大？骑着自行车，两个小时就可能走完南北，而东边是无垠的塔克拉玛干沙漠：进去出不来。1982年，我随父调回浙江，后来，我反复叙写那片邮票大的绿洲。甚至，我把别的地方，别的国家的人移放在那片绿洲，人物竟然也能像熟悉的人那样自在地"活"着。作家能通过虚构增加居民的人口。

所以，我特别关注聚焦一个地方的作家的小说。比如契斯的《栗树街的回忆》、奈保尔的《米格尔街》、希斯内罗丝的《芒果街上的小屋》、杜加尔的《古老的法兰西》（写一个小镇）、伦茨的《我的小村如此多情》，等等。由一个小村，一个小镇，一个小城，写出普通的人性，却又保持独特的魅力。

这就是我追踪法国作家达·齐默尔曼（波兰犹太人移民的后代）的初衷。我仅拜读过他的两个小辑，均刊在《世界文学》杂志上。遗憾的是2019年3月乔迁新居，一卡车书籍，他那一辑似乎躲起来了，我想凑拢都难以寻觅。很多我追踪阅读几十年的作家，总是给我惊喜：以集束的形式出现。可是齐默尔曼的《马纳西风情》，仍不见单独翻译成书。有时，你要找的东西找不到，你要等到人物等不到。他那篇微型小说：一家人观看电影，我记忆犹新（父亲对孩子的惩罚，就是犯了错误，不准看电影）。因为，我也受过类似的惩罚。

马纳西是法国边陲的一个小镇。齐默尔曼将世界的风云变幻与小镇的人物生存——大与小结合起来，大背景是20世纪中期的连绵战乱，当地居民和外国移民（包括中国侨民）混杂居住，使我联想到当今多个国家，因战争导致的移民潮。大背景中的小人物。

《马纳西风情》共有40篇微型小说，我仅阅读过10多篇。书名的关键词是风情，即风土人情，侧重表现民风民俗的气息。仿佛是那个年代的小镇寄出的一张明信片，每一张都描绘一个人物。《世界文学》2009年第4期刊出了他的《马纳西风情（六题）》。我与前后两位主编余中先和高兴相见，当面感谢《世界文学》对微型小说的重视，每年都刊出外国微型小说。余中先还将我评论微型小说的文章刊登了。

交代了那么多有关或无关、直接或间接的背景和谱系，再来看《马纳西风情》中的人物，就有意思了。小说向来对怪人感兴趣。《一个怪人》，作为叙述者，也是见证者，只强调怪人无论干什么事情都和别人不一样，所谓"不一样"，无非是他总是戴着帽子，出行、睡觉、自杀，结尾他在窗子的销柄上上吊时，都戴着帽子。由帽子这个配套的细节，写出来一个孤单的怪人的孤独、寂寞。怪人的帽子有形，我想到契诃夫的《套中人》，那无形中的"套"。

见证者、叙述者的"我"，所见的是怪人的表象，贯穿全篇、贯穿命运的那顶帽子，始终隔着怪人的灵魂，而且，不交代为何戴那顶帽子，到死了也戴着。于是，此作就获得微型小说的空灵，不写满，也是对人物的尊重，留给读者想象的空间。带有讽刺意味的是，仅看见表象的帽子，"我"仍从开始到结尾，四次重复强调：我说话是有根据的。然而，"我"看见怪人的帽子，却永远进入不了人物的内心。我们只看到小镇人与人之间的"风情"。

这是一篇"无事"的微型小说，作家关注的是人——小人物。其中的"我"也可视为作家本人，他"介入"人物，生怕伤害和误解"怪人"似的。这正是作家应当持有的姿态，很自然地传达出悲悯之心。作家对待人物，介入到什么程度？这是值得警惕的事情，不仅仅是视角的问题。微型小说固然"小"，但作家应持有"大"，否则就显得"小"家子气。微型小说要有"大"气。

题目是作品的帽子，也是阅读的路标。我阅读完毕，会返回琢磨题目合不合适。这是参与创作的有趣方式。将《一个怪人》换成《帽子》是否合适？怪人甚多，但能戴帽子的怪人就"此"一个。

《一个头脑迟钝的人》，叙述者重复了三次"我只告诉你们这些"，却又使用不确定的"也许"，肯定之否定，是探索真相的疑惑。《天字第一号幸运儿》，"我"则是不断发誓。"我发誓"三次（还有变奏的重复）。这种重复手法的使用，既达到了文学效果，又表现出作家对真实的态度。短小的篇幅里都写了主人公的人生命运。怎么写？与长篇差别显著。微型小说有独特的表现方式，即高度重视细节。比如，帽子贯穿人物的命运。作家介入有分寸，只抵达帽子，关于人物内心的"风情"，留给读者创造。

一个怪人

[法] 达·齐默尔曼 著 徐家顺 译

在马纳西小镇上，费迪南先生有点儿各色，无论干什么事情都和别人不大一样。我说话是有根据的，据那几个中国人说，每天早上，大家都去火车站赶火车时，他已经从巴黎回来了，脸色铁青。他在《解放了的巴黎人》报社当排字工人，至少，人们是这样认为的。他总是带回来一挎包报纸。

别人向他问好，他只是点点头，很少有人听见过他的声音。同样，人们也不知道他是不是秃子。大家打起赌来。人们从来没有看见过他光着脑袋出门，有些人断定他睡觉时也戴着帽子。我说话是有根据的。星期天他在家里的樱桃树下睡午觉时也戴着帽子。

他初到马纳西小镇时，总是先去格雷古瓦食品杂货店里转转。他在店里买一瓶十二度的酒和几听罐头，掏出钱包付钱。他是仅有的几个不在杂货店赊账的顾客之一。

他免费给邻居们散发他的《解放了的巴黎人》报纸。他从波波夫同志家的信箱开始投递。波波夫是党内的头面人物之一。起初，波波夫像哥萨克那样趾高气扬，说什么也不要那些破报纸——毒害人民的鸦片烟。他把那些报纸从费迪南先生家的栅栏上面扔进去。然而，久而久之，他终于明白，礼物终究是礼物，人们只能手头上有什么就送什么。

冬天，费迪南先生闭门不出。有些人说，他能不间断地从早睡到晚。不过总的来说，人们不这么看。我说话是有根据的。天气好的日子，钟敲响三点钟，他准去花园里拾掇他那一小块地，那园子里栽着花儿，也种着蔬菜。

对于一个不算年轻的单身汉来说，费迪南先生并不算太自私。天气好的时候，每天晚上他去巴黎上班时，布口袋里总是装满生菜，怀里抱着鲜花。对他这个丑八怪来说，要博得老大娘的青睐，这是不可缺少的。一些人讥笑他，另一些人胡说八道。其实，这些东西只不过是给《解放了的巴黎人》报社印刷厂增添一点儿欢乐的气氛而已。

没有人记得清楚费迪南先生是什么时候来到马纳西小镇的。这大约得回溯到20世纪30年代初期，田野上到处盖起了乱七八糟的混凝土预制板楼房、灰石板木屋及简陋的棚屋。他一下子就冒出来了，仿佛他就是那景色的组成部分。战争过去了，人们用上了电，只有他家没有安装电灯。有趣的是，他家有自来水。恰恰是水龙头开着的哗哗流水声，加上关着的百叶窗，还有他们天天要读的报纸——一个星期没投送到别人家去了——等情况，惊动了博比耶尔家的人。

显然，费迪南先生无论干什么事都和别人不大一样。我说话是有根据的。据那几个中国人说，他在窗子的销柄上上吊时还戴着帽子呢。

（选自《世界文学》2009年第4期）

诺埃尔：寒夜中的温暖

我以《突然》向皮·莱克塞尔的微型小说《诺埃尔之夜》致敬。我喜欢卡尔维诺等若干几位意大利作家。皮·莱克塞尔是位比较怪的用法语写作的意大利作家（出生于巴黎，故乡在意大利的瓦尔多特）。他有多部诗歌集。他的微型小说也体现出了诗性和故乡的气息。

我就像《诺埃尔之夜》的男主人公，帮助老太婆之后，被邀请进门，看一本停刊的杂志，现实里的老太婆叫他，他几乎受伤地跳起来。现实中，我沉浸在《诺埃尔之夜》中——突然，有了灵感。存在着互文性。

先将《突然》放在此，是莱克塞尔的光芒照亮了我。

突然

雨点仿佛敲击着我的心脏（能够想象出冷冷的雨滴的力量，水滴石穿），恍惚中，我觉得自己是金属拼凑的身体。窗帘透进黎明的白光。我不能再睡了。室内，还弥漫着夜色。

我起来，进书房，随手抽取书橱中的一本书——一排排书脊。打开顶灯。随意翻到《诺埃尔之夜》。仿佛要重温我无眠之夜。

那一篇，恰巧居中，一本书的对半的地方。就像展开翅膀。我摁住，制止它扇动翅膀。我感觉到了它的力量。可能合拢、关闭的时间过久，对半的书页似乎执意要起飞。

幸亏桌子的左侧有镇纸。长条形的有机玻璃镇纸，里边镶嵌着金色的图案，是一群楼房。我把镇纸横压在要翘起的对半书面上，书页之间有一条细细的深缝，缝的底下是书脊。

镇纸随着我的阅读的进程往下移动，或往上移动，飞不起来了。这个主人公失恋，突然终止了热情的目标，他失眠了，无法排遣绝望。他到小超市购物，又是突然，他想帮助一个提着网袋、挂着手杖的老太婆。

老太婆的眼神闪烁着惊喜的光芒。我在这句话的下边画了一道波浪线：如果您没有别的有趣的事情要忙的话。接着，我又给主人公的行动画了重点标记：拎、搀、走、谈。

我拿起镇纸往下挪动，放开已读过的上端，遮住未读过的下端，仿佛保持着主人公行为的神秘性。

突然，我觉得，镇纸如同一根扁扁的杠子，横着压住了一对翅膀。强行地给书面语言组成长翅膀的主人公，不是用刑，而是文身，我像一个文身师，习惯性地画着阅读的符号：直线、波浪线、点线。

我像替他松绑，拿掉了镇纸，一对翅膀立刻收起。多有力的合拢呀。好像关闭一个秘密的盒子。恢复到没打开的模样。封面上，一群裸体的女人在奔跑，或说，是各种奔跑的姿势，我记得画的题目叫树上的人。

突然，我站起，关灯。室内外的光线顿时平衡了。我想出门、上街。

要不要带伞？于是，我听见了雨声。那是雨落在各种金属制品上发出的声音（最明确的是不锈钢防盗窗的铁皮顶）。好像也同时在敲击着我的心脏。其实，之前就持续不停地在响，仿佛突然打开了收音的旋钮。大概因为那个主人公的早晨，下着鹅毛大雪，雪落无声。

我可能受了主人公那早晨突然的……影响。我来到窗前。我居住在九楼。朝北的窗，远远对着小区的大门。平常，我观察进出的居民用不用伞，然后决定我带不带伞。却不见一个身影。

我俯望着小区的大门，是有铁轨的不锈钢栅栏门。已关闭。栅栏门上还横悬着红布长幅，特别惹眼。栅栏门上亮着一个红灯。

突然，我想到，已封城了。连锁反应，也封区了。随即想起，小区发布过的信息：一家人只能出去一个购生活用品，但要出示身份证，登记。

我回到书房。突然，像打开翅膀一样，翻到《诺埃尔之夜》，记下：2020年2月7日复读。突然闪出一个词，我把"公元"加缀在年月日前边，然后，松手，对半打开的书，像脱开了束缚，扇动了翅膀。

我知道，我让评论跨界了，随笔式的评论。小说与现实，主人公和我，有个相似之处，暂时忘了现实，但是，现实会将人拉出小说。我琢磨不清，是"诺埃尔"之光，照亮了作为读者的我哪个隐秘的点？

男主人和盘托出了自己失恋的经历，他却不知老太婆的背景，"却连您的名字都不知道"。老太婆说："您称呼我诺埃尔就行。"恰巧是圣诞节，这个名字很恰当。

此作到了一半的篇幅，题目所示的名字出现了，诺埃尔的意思就是圣诞节。

我知道，这是老太婆即兴起的名字，把节日和自己挂钩。一篇温暖的微型小说。之前，是寒冷。来自大自然的寒冷，鹅毛大雪纷纷落下；来自突然终止了爱情的寒冷。双重的寒冷反衬了温暖。一是男主人公创造了温暖（忽然要帮助驼背的小老太太），二是小老太太营造了温暖（给他喝了酒，暖身子）。这一切，有独特的意大利气息，同时，有普遍相通的情感。

两个萍水相逢、年龄悬殊的人有了友谊。读者被作者所写的老太太形象有了思维定式，而且，跟主人公同样，毫无察觉。

"诺埃尔愉快地消失了"二十来分钟后再出现。于是，意外结尾也出现，竟然是"一位招人怜爱的年轻女士"。她否定了自己是"诺埃尔女士"，但读者已知，正值"诺埃尔之夜"。友谊转为爱情。

由她自己"抖出包袱"："一个刚出道的女演员，为了圣诞夜的慈善盛会，精心打造一个老妇人的角色……检验一下我的化妆术……您殷勤地中了我设下的圈套。您很讨我喜欢……"

失恋后，突然去帮助老太太，做善事，却意外获得了爱情。关键是，莱克塞尔表达得很从容自然，不是刻意铺垫情节，而是重视温暖情感。读者并非被情节，而是被情感牵着走。品味两人之间毫无戒备的交流吧。两人无意之中，获得了爱情。

可以判定，莱克塞尔创作前，已知那个意外结局，但并非欧·亨利式的结局。欧·亨利采取精心编织反差的情节达到意外的效果。我不排斥意外结局，重要的是：是否自然生成意外。显然，情节与情感有区别。年轻的女演员或老太太，迷惑了主人公，也迷惑了读者——却没有受迷惑的感觉。而且，我读出了"诺埃尔"的寓意。温暖而诗意的诺埃尔之夜。毕竟作家是位诗人。写寒冷，让读者感受到温暖。这也是作家应该做到的事情：写寒冷，更要写出温暖；写黑暗，更要写出光明。

附文

诺埃尔之夜

［意］皮·莱克塞尔　著　　徐家顺　译

圣诞节前夜，随着夕阳西斜，低垂的天空乌云密布，飘忽不定的鹅毛大雪纷纷落下。法比安两手揣在黑大衣的口袋里，脖子上围着一条长围巾，心烦意乱地踟蹰，竭力排遣爱情受到创伤的绝望心情。他因为一个用情不专的女友变心而痛苦得不能自拔。他刚刚和她断绝关系——突然终止了无目标的、奔放的热情。以至于他为本应施予的千万种柔情遭到压抑而感到伤心——过剩的水白白流淌在荒漠里。也许正是由于处在这种沮丧的心情下，他在一个小超市附近，忽然想要帮助一个有一点儿驼背的小老太太，她手里拎着一个盛满食品的网兜，在人行道上等着喘息稍定，好继续赶路。

"干吗不呢，年轻人？……"尽管她声音有点儿颤抖，眼神里闪烁着一丝狡黠、惊奇的光芒，她还是高兴地回答说，"如果您没有别的有趣的事情要忙活的话。"

于是，他们肩并肩地向前走，——她，借助于她的手杖，他，一只手拎着网兜，另一只手搀扶着这位陌生的老太太，小心翼翼地在很滑的柏油马路上走着。一路上，他们谈一些应景的话，直到她家门口，她用左手打开门。

"请进，请进！"她说，"你做了这件善事之后，应该喝杯酒暖和暖和身子，不是吗？如果这会滥用你的耐心，耽误你的时间的话……"

"一点儿也不，"他安慰她说，"今晚，我没有约会，我要放松放松自己。再说，我觉得您和蔼可亲，我喜欢您室内的陈设。这些书籍、绘画、家具，预示着我们的相逢会有一个美好的开端，我高兴极了，我高兴极了。"

"那么，"她提议说，"如果这是真话，那我们就进一步做个自我介绍，好吗？您先给我说说您自己：您是谁，从哪儿来，到哪儿去？新闻记者就是这样发问的。"

法比安舒舒服服地坐在一把"查利·埃姆斯"褐皮扶手椅里——它出现在这位老太太家时不免使他感到困惑——和谐的氛围加上主人的悉心倾听，使他恢复了信任，他滔滔不绝地讲起他对人、对事物的兴趣，他正在寻找一位可心的伴侣，已到三十五岁的他，感情上还没有一个寄托。

说到这里，他尴尬地停下来，沉思了一阵子。接下来微微一笑，向女主人提问：

"我很出色，是吧，"他自嘲地说，"我和盘托出了，却连您的名字都不知道。我想，对生活中萍水相逢的人，您一定不会吝啬吧？"

"您称呼我诺埃尔就行，"老太太说，"在年底的这几天，这名字很恰当(诺埃尔这名字的意思是圣诞节)……谈正题吧，既然您和我在一起不觉得索然无味，咱们就边吃边聊，您觉得怎样？"

说话时，她的两手微微发抖。法比安在想，是不是上年纪了，要不然就是害怕遭到拒绝。因此，他特别想讨她喜欢，希望陪她多待一两个钟头，他表现得兴致勃勃，关怀备至，这次萍水相逢没准儿会产生真挚的友谊。

"嗨，诺埃尔，别得了便宜还卖乖，"他用嘲弄的语气说，"您猜得出我经受不住这样诱人的提议……我能帮您点什么小忙吗？"

"谢谢，用不着，有给您解释的工夫……我早就做得了。喏，这儿有杂志可以看，也有喝的。给我一刻钟，一切就都就绪了。一会儿见。"

诺埃尔愉快地消失了，这说明她多么心满意足哟。

实际上，二十来分钟匆匆逝去，法比安甚至都没意识到，他沉溺在几期《欧帕里诺》杂志中。这是些很好的建筑杂志，昙花一现，新近停刊了。当诺埃尔从一扇刚刚开启的门后叫他过去时，他几乎惊吓得跳起来。

他兴高采烈地走过去，很高兴在愁绪满怀的日子里享受这轻松的时刻，在一张准备好菜肴的椭圆形小桌边，坐着一位最招人怜爱的年轻女士。

法比安直发愣，张口结舌，这当儿，这位女士忙起身，指着她对面的椅子请他坐，开始微笑着为他揭开这个秘密：

"法比安，请坐下……不，我不是诺埃尔女士，更不是变化人身的仙女，只是一个刚出道的女演员，为圣诞夜的慈善盛会，精心打造一个老妇人的角色。为的是在黄昏之际，检验一下我的化妆术及表演技艺。您殷勤地中了我设下的圈套。您很讨我喜欢……我也是孤身一人，因此，现在只有您和我共度这天赐的圣诞良宵……"

（选自《世界文学》2006年第4期）

唤醒童年：视角、细节、理想

一个作家从何时开始创作？写作"寿命"有多长？我觉得有定数。我相信命运，命是宿命，运是运气。因此，从50岁开始，我像老鼠从麦田搬麦子一样，大量储存过冬。发少存多，有几百万字的初稿"冷藏"着，我想，70岁以后封笔，再将冷藏的作品往外投，给人造成创作旺盛的幻觉。

2008年秋，72岁的捷克作家兹旦内克·斯维拉克出版了第一部小说集，中文译为《女观众》，处女作一炮打响，成为现象级的作家和中短篇小说大师。在捷克，平均20个人里，就有一个是他的读者。是米兰·昆德拉、赫拉巴尔之后的又一个捷克灵魂的经典表达者。我称他们为"捷克当代文学的三杰"。

斯维拉克竟然从70岁着手开始他的梦想，他在高中时就梦想成为短篇小说作家。截至2015年，他已经出版了4部中短篇小说集。

我笑。因为，我打算封笔的年龄，恰是他开始创作的年龄。

斯维拉克善于从日常琐事中发现"亮点"，那种斯维拉克式的表达（想到卡夫卡式、海明威式、卡佛式，都代表着一种独特的表现方式），其实是捷克特有的幽默（对现实对人生的一种态度），它秉承了捷克文学先驱恰佩克、扬·聂鲁达的传统。

我从中篇小说集《青春校树》中选择了中篇《赤脚》里的一章《在马车座驾上》。我倒是认为《马车夫》为题更为妥帖（这是阅读中的自我训练）。

《赤脚》的时代背景为第二次世界大战，捷克被纳粹德国侵占时期。斯维拉克一家被迫从布拉格迁到乡下。那年，他7岁，度过了两年的乡村生活，他学会了赤脚走麦茬，学会了驾车。还学会了很多。

2002年，他动笔搜寻童年万花筒式的片段，鲜活的记忆像繁星一般呈现。但是，被身为电影导演的儿子否定，指出："尤其缺乏电影制作不容忽略的戏剧性拱门。"

这就是父子俩关于微型小说和电影理解的差异。我觉得斯维拉克的碎片化表达，恰好是当今世界小说，尤其是长篇小说的新动向。比如，匈牙利作家马利亚什·贝拉《垃圾日》、智利作家亚历杭德罗·桑布拉的《多项选择》等，是长篇小说，不过，由系列微型小说构成。《赤脚》让我联想到同为二战题材的小说《恶童日记》，同样写儿童在战争中的经历。

当今长篇小说，文本边界日渐模糊，主要体现在碎片化和跨文体，即使文体内部，也可以以系列微型小说组成长篇小说。可见微型小说的张力和弹性。它可当长篇小说的主人，也可以独立成篇。

我在中篇《赤脚》中列出近50篇微型小说，均串在小男孩经历的线上，形成充满童趣和幽默的一串珠子。

小时候，我最头疼作文。每当老师布置作文，教室里会发出一片叹息：又要写作文呀？几乎所有的同学写过同样的命题作文：我的理想。就是长大后想干什么？我的童年充满了饥饿，记得我的理想是当炊事员。1971年，全校学生为电线站岗，保持线路畅通，夜晚沿途送饭，校方指定我当炊事员。那是胡乱指派，我只是学习成绩好。至今烧饭炒菜仍是我的弱项。可是，斯维拉克《赤脚》里的童年叙事，仿佛让我重温了童年。他没有接受儿子"戏剧性"的建议而保持碎片化。他认为：作为童年的编年史不应该改变真实发生的历史。

"我"平生第一次坐到马车座驾上。请注意，斯维拉克式的幽默，紧贴着"我"这个儿童的视角和感觉。一个细节是，叫福克萨的马甩了一下尾巴，将老车夫手上的烟斗撩到地上，老车夫把烟斗在裤子上蹭了蹭，对小男孩说：你看到了吧，很讨厌的。人与马，人与人的关系，既亲切，也友好。于是，老车夫将缰绳这个"权力"交给小男孩，小男孩注意到什么？美丽的马尾巴竟然撅起，一个皱巴巴的孔，爬出马粪，可是，小男孩视为"一个甜甜的面包圈！"一个惊叹号。"它在排便！"又一个惊叹号。我在小说中已很少用惊叹号，因为，奇迹在我眼里已平常。不过，我童年时，常常惊奇。可见，斯维拉克还持有童心。此为第二个细节。

于是，老车夫"握住我的双手，用缰绳轻轻拍打在马背上"，手把手教，还有对马的态度：轻轻拍。充满了爱意。读者已读出这是一匹什么马了（形象、脾气）。

小男孩和马儿都得意，小男孩像宣告一样："您知道是谁在驾驶整个马车吗？我！"又一个惊叹号。他以为自己是马车夫了。

结尾一笔很妙，赶马车和树立理想有了关系。行动转为理想，小男孩回到家，郑重声明："妈妈，我知道我将来要做什么。"

这个"理想"是儿童单纯的幻想。战后，斯维拉克返回布拉格，他写此作时，城里早已不存在马车了。他"赶"起了小说。小说其实也是一辆马车。我读完《在马车座驾上》，脑海里浮现着一匹红鬃马，一个小男孩，还有马车夫，都活灵活现。那是细节的功劳。

我抛出个疑问：当我们读一篇微型小说，当我们写一篇微型小说，我们读出了什么？我们在乎什么？进而，我问：当你想起了童年，你想起了什么？

在马车座驾上

［捷克］兹旦内克·斯维拉克　著　　徐伟珠　译

我看到克利奇卡先生把福克萨套到一匹同样毛色的红鬃马旁边。

"吁。"他一声喝，福克萨退后一步，当克利奇卡先生站到它身后时，福克萨甩了一下尾巴，把他手上的烟斗甩到了地上。

"你看到了吧，很讨厌的！"他把烟斗在裤子上蹭一蹭，爬上马车座驾，朝我眨眨眼睛，示意我坐到他边上。我当然满心愿意。

我生平第一次坐到马车座驾上。更幸运的是，好心的克利奇卡先生把缰绳递到了我手里。如果你没有经历过，是无法体会其中的快乐的。在我前面，两个巨大的马屁股在摆动，当皮绳吱嘎一勒，马匹的肌肉瞬间一绷，便使劲拉动起马车来。然后其中一条美丽的马尾巴鬃毛突然扬起。它要干吗？马尾巴下面出现一个皱巴巴的孔，孔慢慢张开，越开越大，隆起有东西从里面爬出来……一个甜甜的面包圈，又一个！

"它在排便便！"我开心地朝克利奇卡先生咧嘴笑起来，他再次冲我眨眨眼。

然后，他握住我的双手，用缰绳轻轻拍打在马背上。

马儿得意地小跑起来。马车轻轻摇晃，马鬃毛在风中荡漾。您知道是谁在驾驶整个马车吗？是我！

眼前出现了农庄，马厩就在眼前。到了敞开的绿色大门前，克利奇卡先生接过缰绳。在过道里，我们的马队发出令人难以置信的嘶鸣。

"妈妈，我知道我将来要做什么。"在家里我郑重声明，"我要成为一名马车夫。"

（选自浙江文艺出版社《青春校树》）

先锋作家的发明：不存在的人

意大利作家乔治·曼加内利（1922—1990）在微型小说《不存在的人》里呈现了具有悖论的形象：四楼住着不存在的那个人，不是那个套间没人住。

就如同我们说：死去的人活着，而活着的人已死去。但不同的是，曼加内利是在存在的荒诞意义上写不存在或存在——不存在的同时又存在，没有却有，颇有中国式的禅意，犹如悟到了空和无境界的禅师。

我想到黑色幽默小说《第二十二条军规》，讲美国参加"二战"的飞行员所承受的荒诞圈套：脑子有毛病可提出申请，就免去飞行，但提出申请，证明脑子没毛病，就得执行飞行命令。

记得20世纪80年代中期，我读过曼加内利10多篇微型小说，都给我以审美的愉悦和新鲜。于是，我开始期待……终于，2018年1月，我购得了他完整的集子《微型小说百篇》（1978年在意大利出版），整整100篇，每一篇写了一个人，采取超现实手法，直抵社会的本质。每篇不过1000字，内涵大于篇幅。那是对传统小说的一种挑战和颠覆，标志着微型小说的可能性。被誉为当时意大利典型的新先锋派小说。传统语言已难以反映现实的转折期，曼加内利探寻了崭新的表现方式。这种先锋精神，至今，仍有意义，当今的作家面对网络时代，也面临新的表达方式的问题。

意大利经典作家伊塔洛·卡尔维诺1987年写的序，也选入中译本。他和曼加内利都是文学的双料，既是小说家，也是评论家。我读过卡尔维诺多部文学评论著作，却遗憾读不上曼加内利的《如同谎言的文学》（我想到略萨的说法：小说是真实的谎言），否则可将其小说和理论相互映照，那就有趣了。

我偏爱作家评作家。因为，能说内行话。序言也是一种评论。每篇长度仅一页的小说，卡尔维诺发现："没有人能够像曼加内利一样，同时代表着传统和前卫。"此为继承和探索的问题。还指出"他的微型小说喷发出一眼由动词构成的泉水，由比喻构成的旋涡，由令人捧腹的发明汇成的瀑布"。他还概括出独特性，曼加内利的微型小说"每一句话都与众不同，他如同一位不知疲倦而又无法抗拒的发明家，不停地进行语言和思想的游戏"。值得注意的是，卡尔维诺用的是小说的眼光，即长短、大小都平等。用小说的眼光考量微型小说，因为微型小说首先是小说。

卡尔维诺评曼加内利的同时，不也评了自己的小说吗？志趣相通呀。我拎出两个关键词：发明和游戏。作家其实就是文学的发明家和游戏者（小说也要有游戏精神）。曼加内利确实发明了他独特的小说，又有斯威夫特的游戏精神（形象和语言）。

100篇微型小说，曼加内利没给作品戴帽子——起题目。我参与创作，给第51篇起名《不存在的人》。阅读的游戏还包括命名（起题目）。阅读要展开联想，就会"枝繁叶茂"，我立刻想到卡尔维诺的《不存在的骑士》，一副硬冷的铠甲，却空无肉身和灵魂，却英勇善战。只有"壳"没有"肉"的人，是一种象征和意象。这也是卡尔维诺的发明，更是文学的发现。

曼加内利的《不存在的人》呈现存在的荒诞。现实生活支持着不存在的人存在。比如，一个人死了，其生前的生活被人记得，那个人就还活着。但是，要是被人遗忘，那个人是真正意义上的死亡。意味着不存在。

开头就表明作家对不存在的人的关注。只有写出才表示其存在（我写他在）。这也是作家的任务，对小人物，尤其是对无名无姓的小人物的发现和呈现，由此增多了文学里的人物，而且曾经活着，现在仍活着。

怎么呈现不存在的人的形象（和看不见的人还不同）？不打交道，

不冒犯别人，不去交谈，后又点出不尝试结婚，不弄脏楼梯，曼加内利用了排除法。然后，采用对比的方式写其存在（可以领略卡尔维诺所说的旋涡），与前一个租客的关系。一实一虚，仿佛阳光下的人和影。那个职业不确定的先生名声不佳，显示存在的过渡，因一场坠入爱河的经历，而离开了这套房间。不存在的人租了房，有人猜测：不存在的男人就是那个恋爱的男人，是死后的他。不存在的人不作反应。此作像飘过一股迷雾，作家并不驱散，保持着叙述的难确定，难看透。以至于不存在的人极端谨慎，导致了被忽视——加浓了不存在的迷雾。作家常常介入（不得不介入），称其为一个理想的房客。但也造成威胁，人们指责不存在的人：他以为自己是谁？就因为他不存在吗？

这是城市人与人之间的冷漠、隔阂。他的存在，唯一的一点证据就是租了房。不存在的人，在作家笔下存在了，文学的语言表现了存在（卡尔维诺所评语言的泉水、旋涡、瀑布）。曼加内利记下了一个无可挑剔的近乎完美的不存在的人物（安静、安分），只能用别人对他的反应、猜测来写其形象和境遇。无中生有。不存在的人存在于作家的语言中。

附文

不存在的人

[意] 乔治·曼加内利 著　　魏怡　菲娜　译

　　住在那里，也就是四楼的那个人，不存在。我的意思不是那个套间没有人租，或者没有人住，而是说住在那里的人不存在。从某种角度上讲，情况非常简单：一个不存在的人没有社会问题，也不需要面对与邻居交谈的小小辛苦。假如他不跟任何人打招呼，而且他也的确不去冒犯任何人，他就不会与任何人发生此类问题。比如说，在目前由那个不存在的人居住的套间里，之前住着一个职业不确定的男人。不过，他的名声并不好，因为他总是不加区分地骚扰所有他以任何理由接近的女人。令人尴尬的是，这并非是一种恶习，因为对付那样的人，只需要好好教训一下就可以了。然而，那位先生是一个以不正常的频率坠入爱河，而且总是怀着严肃目的，也就是希望组建家庭（表面来看，他和任何人都可以这样做，甚至是已婚妇女，上了年纪的母亲，头发花白、唠里唠叨的奶奶）的男人。无论如何，这位先生的行为令人感到尴尬。结果，有一天，他离开了自己居住的套间，从此音讯全无。因为过了一阵子，他就被一个不存在的人取代了。有人会问，在那个恋爱的先生和这个不存在的先生之间，有没有什么联系。甚至有人会说，不存在的男人就是那个恋爱的男人，是死后的他。不过，他们很快又想到，一个死去的人，或者一个幽灵，与一个不存在的人没有任何关系。一开始，自然有一些针对此事的闲言碎语、打听以及好奇。随后，这位不存在的先生的极端谨慎，使得他基本上被大家忽视：他没有尝试结婚，没有表现出狂热的政治立场，也不会弄脏楼梯。从某种角度上讲，他是一个理想的房客。但是，不便之处恰恰就在这里：这是一种模糊的忧伤，它威胁着公寓里那些安详而庄重的居民平静的生活。大家都有点儿负罪感，因为当他们彼此相遇的时候，会谈论一些无关紧要，又或者不应该谈的事情，不可避免地会制造些噪音；他们还会拍打地毯，弄脏楼梯。这位不存在的先生无可挑剔的行为，使他们不断地有一种被指责的感觉。"他以为自己是谁？就因为他不存在吗？"他们嘟囔着。很明显，他们已经开始忌妒，而且，很快就会仇恨虚无所具有的那种自如而躲闪的完美。

（选自上海译文出版社《小小说百篇：100》）

向日葵：人物的奇遇和文学的奇遇

　　每个人每一天都可能会有奇遇，关键在于是否能意识到。我的工作室，窗前四米远就是大运河。我每日要走过大运河旁的广场三次。退潮后，埠头的台阶上有一条鲤鱼，可能是放生鱼，像潜艇搁浅，我看着它侧身拍打着返回大运河，我起步，发现一只蚂蚁像乘公交车一样，正往我鞋里钻，我想象它跟着我回家……我把它抖下来，因为它的家在附近的树林里。转身，我看见鹅卵石步道上有两只斑鸠，我心里念叨：不要怕，不要飞。仿佛我把奇遇的喜悦放在它飞不飞的概率上，如同赌运气，我组织起不打扰的姿态，边走边瞅，斑鸠只是离开人走的道，竟不飞。我走了十几米，回头笑了，好像我取得了它们的信任。

　　这就是我日常生活中的奇遇。所以，我遇见罗马尼亚作家阿德里亚娜·毕特尔的微型小说集《蓝色阁楼寻梦》，觉得自己很幸运。这是一本关于奇遇的书。我随机性地选择了《毫无意义的奇遇》（我们常探讨生活的意义，而"毫无意义"让我好奇），主人公与向日葵的奇遇，让我也经历了一次文学奇遇。

　　我发现，毕特尔的微型小说集里，一篇一次奇遇，奇遇的对象是废墟、安乐椅、安德罗琴、别克敞篷跑车、大象足迹等等。她的每一次奇遇，会给读者打开一个"世界"。似乎走进童话世界，却又落在日常现实，同时又升华了"现实"（文学的价值在于升华）。

　　《世界文学》主编高兴主编了"蓝色东欧"经典丛书，它给我带来了文学上的高兴。他在总序中指出：红色经典并不是东欧文学的全部。而之前，我的阅读也印上了"红色"，以为"红色"代表了东欧文学——那是一种"非正常状态"。现在的"蓝色",意味着还有另一种色彩。毕特尔的书颇有代表性,"阁楼寻梦"还有定语。其微型小说中的奇遇,像梦境(情节的逻辑、斑斓的色彩、诡秘的气氛)。

经典作家都有一个情结,过去称为主题,这个词用滥了。马尔克斯的孤独、门罗的逃离、帕慕克的呼愁。甚至,以全部作品呈现这种情结。这种情结像气脉,在人物体内流动,表现出人物的生存境遇。阿德里亚娜·毕特尔选择了奇遇这个视角处理人物的境遇。

《毫无意义的奇遇》,写了"逃离"。关于婚姻、爱情,有许多逃离的故事。门罗小说,写过婚姻中的各种逃离,日本古典名著《伊势物语》里有一篇《露珠》,写一对恋人暴雨之夜的逃离。不过,那些逃离都有直接原因,而《毫无意义的奇遇》中,主人公的逃离没有透露原因:不交代原因,显出了作品的空灵,让读者参与阅读。这是当今小说的表达方式。

其实,在主人公"我"的逃离过程中,读者可以感受到原因。此作的逃离,穿越两个世界,由社会逃向自然,"我"挣脱"社会"的束缚,那些束缚由士兵以及亲戚组成,切断这种社会关系,"我"甚至要剪断显示美丽的金发——最后一丝关联。

在逃离中,"我"的视野,由粗俗的士兵转向向日葵——大自然的标志和象征,但是,突然"背后有脚步声,以及噩梦的粗重喘息声"。作者并不展开,转而写奔跑中的想象,多次用了不确定的"或许"。"我没有任何能扔到后面去建造森林、湖泊和大山的东西",强调"我只有不能扔掉的自己的名字"。又说"无论如何也不会变成任何东西"。奔跑中的遐想,跳跃而矛盾,具有诗的特质。逃跑的原因在逃跑中间接地呈现。

一个不了了之的结尾——"终于跌倒在地",又是个突然,干枯的向日葵,黑色的籽粒,"撒落在我的土地上"。注意是"我的土地",其实是她跌倒的那片土地。

所谓毫无意义，对那个逃跑的金发女人有着重大意义，因为，她终于进入大自然，奇迹般地遇见了向日葵。可是，向日葵不也是人种植的吗？从这个意义上说，她的境遇带着荒诞意味：抛开了、放弃了所有的东西逃离，却仍然逃不出——不自由。就像孙行者翻了十万八千里的筋斗，仍在如来佛的掌上。

对比是此作的表现手段。比如，开头一句，贝壳和石头表示不同的路（仿佛作家把细节提炼，简约地暗示具体的长和大），而公路"对于我的脚掌来说倍感温柔"。像诗一般的表达。比如，整体上，社会与自然的对比，然后，作家将其落在具体的细节上，将士兵与向日葵进行对比。遭遇的是士兵，奇遇的是向日葵。又将向日葵比喻成"站着熟睡的士兵"。因为士兵熟睡，她可以"走向自由的另一天，走向变形的云"，突然由地到天。这种突然中止或转换，或者将毫无关联的事物并到一起，都紧扣主人公的逃离，在整个作品中又气息相连。向日葵统合、提升，形成了只可意会的象征意味。不交代原因，不写出结果，只写此段时间的逃离的过程，我却读出了过去和未来的因果，但是我更关注其过程。

记得雷蒙德·卡佛说过：你获得了看待世界的独特视角，就成功了一半。另一半当然就是表达。看待世界有多种视角。不妨选一个独特的视角，比如，保罗·奥斯特的《红色笔记本》（我那系列微型小说组成的长篇小说《红皮笔记本》最初也用此书名，突然想到，我就绕过，将"色"改为"皮"），他采用了巧合的角度处理童年的记忆，系列微型小说组成的短篇小说里，他写了各种各样的巧合的奇遇。罗马尼亚作家阿德里亚娜·毕特尔采用了奇遇的角度写小说，各种人或物的奇遇，触及的是必然的普遍性。值得关注的是，她不为奇而奇，阅读中，我发现，其实，奇是表象，却在乎平常性。她与我们很多作家的表达相反，不是把平常往离奇上拽。

毕特尔被罗马尼亚文学界誉为"八十年代杰出散文家之一"。此处所说的散文是韵文并列的文体，是一个大的概念，包括小说。毕特尔的小说，有诗的品质，其微型小说，像散文诗，或称诗小说。

附文

毫无意义的奇遇

[罗马尼亚] 阿德里亚娜·毕特尔 著 陆象淦 译

在贝壳和石子上行走多年之后，公路对于我的脚掌来说倍感温柔。偶尔有挂着外国牌照的汽车驶过，趴在驾驶盘上的那些大胡子司机们，总是肆无忌惮地窥视着我。

阳光在后背的什么地方烧灼着我，而我的一头金发令人尤感沉重。我沿着路边阴沉呆板的野外军营走去。铁丝网后面，几个大兵俯卧在草地上。一个大兵冲我喊道："我多想还与你同睡，小母马，像搂着一个手风琴一样任我弹奏。"我径自走着，在他们剃得光光的脑袋里，我犹如平坦公路上的一辆挂着外国牌照的小轿车。

侧眸望去，只见一片向日葵林，我十分兴奋和谦恭地停下了脚步，同时强烈地感到了背上的阳光烧灼，觉得自己卑微得应该匍匐在地跪拜。我离开公路，走进向日葵林。在我心头，猛然感到一种醒悟的慰藉，犹如延伸至地平线的原野的整个浑圆背脊，不由得轻轻地耻笑那军营远去的军号声，它们对我没有丝毫约束力。现在，日落之后，向日葵就是站着熟睡的士兵，我可以在他们的熟睡中大摇大摆地走向自由的另一天，走向变形了的云。

突然，我听见背后有脚步声，以及噩梦般的粗重喘气声，大风扬起灰土，迷住了我的眼睛。

我开始奔跑起来，沉睡的士兵们在睡梦中富有节奏地默喊着加油。

我的脚被罐头盒和玻璃碎片划伤，而身后沉重的脚步声紧跟不舍，我害怕得不敢回头。

或许我不应该说自己是自由的，我并不自由，有着各种血缘关系、情感关系和衣食关系，是与这片土地、篱墙和道路紧紧联系在一起的。

或许他们会问我为什么喝海水，或许他们将剪断我的头发，因为那是金发，或许他们将拿走我的近视眼的屈光度，在他们中间分配。

我没有任何能扔到后面去建造森林、湖泊和大山的东西。那里是广阔的平原，而我只有不能扔掉的自己的名字，它无论如何也不会变成任何东西。

我踉踉跄跄地奔跑着，终于跌倒在地。

突然，干枯的向日葵相互碰撞着，黑色的葵花籽啪啦啦撒落在地，撒落在我的土地上。

（选自花城出版社《蓝色阁楼寻梦》）

寓言微型小说：显形象，隐寓意

"当他醒来时，恐龙依旧在那里。"

此为危地马拉作家奥古斯托·蒙特罗索的一句话小说《恐龙》。20世纪80年代，我读到《恐龙》，后来，《恐龙》在国内时不时地被提起，被传颂。甚至，引发了许多模仿者：一句话小说。记得还有人更为精简，走极端，推出一个词的小说《网》。但是，只有《恐龙》昂首阔步走到现今，而实际的恐龙早已灭绝。这就是文学的活力。

卡尔维诺受《恐龙》启发，曾发愿要编一部一句话微型小说集。不知何故，他没有编出。我猜是数量凑不够吧？我阅读到的更多是一段，由一段组成的微型小说。我觉得一个词，一句话还不能够表现微型小说的基本元素。

《恐龙》是个经典的孤例，我倒欣赏一段话的小说。比如托马斯·伯恩哈德和乔治·曼加内利的一段话小说，高度浓缩，又包含着小说应有的元素。

20世纪90年代初，我遇见了蒙特罗索十多篇寓言小说。终于，2015年，我等到了他的微型小说集《黑羊》。读毕的时间是2015年5月24日。版权页上注明"寓言作品集"。它不是通常的《伊索寓言》那个套路，而是微型小说。法国有图尼尔埃的寓言小说（评论家贴的标签）。卡尔维诺的一组微型小说，也贴着寓言的标签。蒙特罗索被评论家称为"寓言体的复兴者"。所谓的寓言小说，是含有形而上的寓言，但不像纯粹的寓言那样直截了当地"抖露"出来。一显一隐，此为区别。

《黑羊》的"主人公"均为动物。写动物其实是写人。这就跟动物小说区别开来。扉页里的引言是阅读的钥匙："动物跟人如此相似，以至于我们无法清楚地区分。"

按我们的说法，蒙特罗索主攻微型小说，他没有说过自己写的是微型小说。他是拉丁美洲"爆炸文学"中独树一帜的作家，获过许多重要奖项——那是多为长篇小说作家获的奖，而且，马尔克斯、略萨、卡尔维诺、波拉尼奥等小说大腕尤为推崇、倾慕蒙特罗索的微型小说。可见，无论大小、长短，均平等，不歧视，不忽略，都"爆炸"。能"爆炸"，在于作品的内涵、内力。

我们讲深入生活、观察生活。蒙特罗索也特意做了这项"功课"。他"致谢"的人有昆虫学家、驯兽师、鸟类习性专家，以及动物园，因为动物园的主管部门授权给他，可近距离观察、接触动物。我读出了隐在人背后的向动物的致谢。我在他的微型小说中，能够感受到他的平等意识，贴着动物写，降低人的姿态，多次以动物的视角展开小说。

《爱做梦的蟑螂》也是一句话小说，循环结构的长句。我倾向不用逗号。蒙特罗索的蟑螂，使我想起庄子和蝴蝶。具有庄子和蝴蝶式的双重悖论，即庄子梦到了蝴蝶，还是蝴蝶梦见了庄子？还与卡夫卡《变形记》构成了互文性。那种循环叙述，还使我想到一个和尚讲故事：从前有座山，山里有个庙，庙里有个和尚在讲故事，讲的什么故事？从前……这个故事可以无限循环地讲，但是，只有形式，内容被转空了。蟑螂的故事也放空了内容，不过，幸亏我们知道了卡夫卡的《变形记》。不妨去欣赏奥地利作家伯恩哈德，一段话小说，多为循环结构，像蛇咬住自己的尾。奥地利作家称之为一段长句小说。我在《想当讽刺作家的猴子》《梦见自己是鹰的苍蝇》《睡不着觉的孩子》《最后不知道该变成什么颜色的变色龙》《顿悟一切互为因果的长颈鹿》《要成为世界上最漂亮的青蛙》等篇什中，选了"最漂亮的青蛙"。此集一系列题目，可以发觉，蒙特罗索的寓言小说所探求的形而上的意味和高度。

读毕《要成为世界上最漂亮的青蛙》，我笑了。仿佛自嘲曾经的愚昧可笑，通常，我还会辅以摇头——否定自己。虽然，我在梦中，变成过一条鱼，一只鹰，没变成过虫子或青蛙，但是，仿佛夜间照镜，镜内出现青蛙（我的家乡有一位老人叮嘱过我，夜晚别照镜子）。

成为全世界最漂亮的青蛙，是它的决定，且看那只青蛙怎么努力圆梦？或说，作家如何紧贴青蛙来写？

首先买了镜子照自己（蒙特罗索的小说里，动物是人类的镜子），随后厌倦。最后，以别人对自己的看法来确认自己存在的价值，青蛙发现别人最欣赏她的身体。其努力缩小范围：由整体到局部——努力拥有一双漂亮的腿，健美发达的腿，还让别人拉扯她的腿。在此，一转，由拉到啃，别人边啃边说其腿的味道，"简直跟鸡没两样"。味道背叛了"原型"。

那只青蛙，对最漂亮的追求，不是内在的灵魂，而是外在的形体，镜子、眼光，来自别人，青蛙仅仅是反映、反应，努力迎合。由整体到局部的强化，最后，漂亮转为毁灭，"世界上"转为嘴巴中。漂亮不是越来越宽广，而是越来越小。这是青蛙的命运，也是微型小说的方法。事情在努力运作中走向反面。梦想与结果相悖。所谓的寓言微型小说，读者会像照镜子一样投射寓意。寓言微型小说，作家应当显形象，隐寓意，若要点明寓意，会窄化微型小说。艾·巴·辛格也提醒过：事实不会变得陈旧，但议论会变得过时。

爱做梦的蟑螂（外四则）

[危地马拉] 奥古斯托·蒙特罗索　著　　　吴彩娟　译

有一回一只名叫格里高利·萨姆沙的蟑螂梦见自己变成一只叫作弗朗茨·卡夫卡的蟑螂梦见自己是一位作家写关于一位叫作格里高利·萨姆沙的职员梦见自己变成一只蟑螂的故事。

梦见自己是鹰的苍蝇

曾经有只苍蝇，每天晚上都梦见自己是鹰，翱翔于阿尔卑斯山脉和安第斯山脉之间。

刚开始时它简直乐疯了，但过了一段时间之后，它开始有种沮丧的感觉，因为它发现它的翅膀太大、身体太重、嘴巴太硬，爪子也太过于粗壮。总之，这些身体上庞大的配件，让它不能够惬意地流连于可口的蛋糕或人类的垃圾之上，于是它痛心地对着房间的玻璃猛撞不已。

事实上，它一点儿也不想在高空中或是自由的天际里翱翔。

但是当它梦醒回到真实世界时，它又满心遗憾自己不是鹰，以便能俯视山林。它深为自己是只苍蝇而伤心不已。就因为这样，苍蝇才会不安地飞个不停，一圈圈地转个不休，一直到夜里，才再一次缓缓地倚枕入梦。

睡不着觉的镜子

从前有一面手握镜，当它独处时，发现没有人在照它，于是觉得很不是滋味，感觉自己好像不存在似的。它这么想也许有几分道理，但是其他的镜子却因此嘲笑它。

到了夜里人们把镜子放回梳妆台的同一个抽屉里，这时它才能松一口气伸直了腿睡觉，远离白天那些令它心神紧绷的烦恼。

顿悟一切互为因果的长颈鹿

很久以前，在一个遥远的国度里，住着一只中等身材的长颈鹿。有一回，它不小心走出森林而迷了路。无论它把头弯得多低，仍找不到回家的路。

它只得无奈地在路上徘徊。当它走到某个山谷时，发现这里正在发生一场激烈的战争。

尽管双方阵营都伤亡惨重，但是没有一方愿意退让寸土。即使伤兵的鲜血已经将雪白的大地染成紫红色，将军仍高举着宝剑对着他的部队发表激昂的演说。

在烟雾和大炮的隆隆声中，甚至连把灵魂托付给魔鬼都来不及的情况下，只见士兵一个接一个倒下，但是那些幸存的士兵仍奋不顾身地继续射击，直到自己也被击中为止。就在他们姿势拙劣地倒下之际，还一心以为历史会把他们看成英雄，因为他们毕竟是为捍卫国旗而死的。事实上，历史的确会以英雄事迹来记载他们的行为，只是得看是哪一方在写历史。因为每一方都以他们的观点来写历史。如此，对英国人而言惠灵顿是英雄；对法国人而言，拿破仑才是英雄。

经历了这些事，长颈鹿继续往前走，一直走到山谷某处，那里正好装有一架大炮。就在这个时刻，突然一发炮弹恰好穿过长颈鹿头顶上方约二十厘米的地方。长颈鹿一看炮弹离它那么近，于是一边走一边想："真是太好了！幸好我长得不是太高。如果我的脖子再长三十厘米的话，炮弹就会把我的头给射穿了；若是这个山谷里的大炮位置再低一点儿，我的头也可能飞了。"

"现在我终于明白所有的事情都是互为因果的。"

要成为世界上最漂亮的青蛙

有一回，一只青蛙决定要成为全世界最漂亮的青蛙，于是她每天都努力要圆这个梦。

一开始，她买了面镜子，每天花很长的时间揽镜自照，寻找她渴望的真理。

有时候她好像找到了真理，有时候好像没有找到，这得看当天或当时的情绪而定。一直到她厌倦了这件事，并把镜子藏在棺材里为止。

最后她想到，唯一能肯定自己存在价值的方法在于了解别人对自己的看法，于是她开始梳头，穿衣服和脱衣服（当她觉得没什么别的花招时），以便了解别人是否能认同她是一只真正漂亮的青蛙。

有一天，她观察到别人最欣赏她的地方是她的身体，特别是她的两条后腿，于是她开始做跳跃运动，以便拥有一对健美有力的后腿，很多的青蛙也随之加入了这支健美大军。

她继续努力着，只要能变成一只漂亮的青蛙，她愿意做任何事情。

直到有一天，这只青蛙看到有人拿起一只青蛙腿开始撕啃，她痛心地听到人们一边啃一边说：这只青蛙味道真好，简直跟鸡没有两样！

（选自上海人民出版社《黑羊》）

一个细节的成就：人物的关系和形象

韩国作家里，我锁定申京淑和金爱烂。不仅仅是她俩均为有国际声望的女作家。勒克莱齐奥说金爱烂是韩国最有希望获诺奖的作家，而申京淑被称为韩国头牌小说家，至于她有抄袭外国数位作家之嫌，那说明她消化不良。

但是，我依然喜欢申京淑的《想要说给月亮听的故事》。26个故事，其实是26篇微型小说。看得出，是熟悉的人和事。我记得印度有个作家写过一部小说《给上帝的信》，月亮、上帝、说、信，都听不到，收不到，那是个"高级"的倾诉对象，这就是小说有个形而上在高悬着。

2015年，我的阅读笔记为：月亮在高处，人类在低处，是小说有了亮光照着人间的幽暗，似乎月亮在关照人间。把人间的故事讲给月亮听，意味着无处倾诉人生隐秘。可视为说给同类听，"想要"是个幌子。月亮照亮了一系列人的故事，这么"讲"就温暖、幽默、放松，小说写形而下的俗事，必须有形而上的升华。拉开长篇的架子，分四部，或说四辑，不同季节的月亮，给我以"千里共婵娟"之意境。

申京淑的这部小说集，每篇控制在6至7页（中文）。控制这个词不够妥帖。我感觉到申京淑潜意识中有个"规模"，写得差不多了，就收笔，并不刻意。我这么"度"她，是因为我也如此，往往在2000字左右自然而然就收笔。字数多少不必刻意控制，到了适当的地方就收笔。回头一看，差不多是微型小说的规模了。

其实，初学者往往对字数敏感，按规定字数（或说自我约束）操作，因为有个微型小说的概念在"控制"着，那么人物就可能不自在。就如同沙漠里，骑着骆驼寻水，骆驼对水的嗅觉敏感，可是，人自以为是地勒着缰绳去控制骆驼，人对远处的嗅觉迟钝。我在一篇微型小说里写到，人物渴了累了，就放松缰绳（幸亏放松而获救），骆驼找到了水。骆驼和驼夫，像人物和读者的关系一样，应当让骆驼自在地走。

申京淑的《想要说给月亮听的故事》，每篇在2500字左右。假如规定了以床取人，那么她的微型小说躺上去，其长度，要符合床的长度，而去削人的长度，就会造成微型小说的残疾。床重要还是人重要？要削，要删，又不伤了微型小说，那就是编辑的本事。《微型小说选刊》选过石舒清的一组，删过，我看了，没伤着。因为，石舒清的从容叙述，他没有想着写微型小说，却写出了微型小说。认定、命名，是编辑和读者的事，这增加了微型小说的可能性。

凡人的生活，吃喝拉撒，鸡毛蒜皮，油盐酱醋，都是"俗"。微型小说是写出"俗"的同时，还要写出"雅"。不仅仅停留在"俗"的层面上。一看申京淑的《鼻屎的故事》，我就笑，女作家写"屎"。只对月亮说，不好意思对别人说。我们"看"见了，因为，她写"活"了，还不脏。

微型小说与小说家族中的其他成员有什么最大的不同？在于细节运用得独到。尤其与中、长篇小说相比特别明显。我是个细节主义者，微型小说要贴着运动中的细节去写人物。

这篇微型小说，是贴着鼻屎写出人物——人与人之间的关系。三个人物："我"，姐夫和姐姐。第一人称，有趣味，有亲近。

近五分之二的篇幅写了"我"的称呼（外号）蜡笔小新的来源和"我"的反应。三十好几了，还被称为蜡笔小新，意味着长不大，孩子气，小可爱。开头就抛出鼻屎的细节：姐夫将鼻屎抹在姐姐膝盖上。不过，又将鼻屎暂时"悬置"（伏笔和悬疑），写姐妹关系，表现出了申京淑叙述从容，有趣，这是放松"缰绳"。读者期待，作家放空。

然后，突转正题，大家也能猜出一二。"只能眼睁睁地看着曾经的好友成为姐夫"。写三人对鼻屎的反应，或说，是好友兼姐夫荒唐地将恶心的鼻屎抹在姐姐的膝盖上。当然，读者会知道，是姐夫对姐姐的爱和亲的标志。就像母亲不嫌婴儿的屎臭一样。

继而转入"今天"，更具体的时间，现在时，那意味着此前均为回忆（又不让读者察觉，像拉家常）。微型小说对时间的处理方式。姐妹俩对鼻屎反应"过度"，转入追究"案情"。也只有"我"有胆气敢去当面"审问"（由此写出了"我"的性格）。"我"视姐夫的行为是欺负姐姐，以保护者的身份出面（潜意识有爱，爱的方式各异罢了），甚至要动拳"制裁"。

姐夫的反应却是笑。微型小说的运行方向就有趣了，人物之间的驱动是鼻屎——深处是爱。"我"追问，出现又一个突转。姐夫说："臭小子，我这可都是跟你学的。"注意，称"我"为臭小子，又将"我"的性格侧击一次。步步写人。

爱也需要学习。被学者忘了自己的怪癖：挖出鼻屎，若无其事地抹在姐姐的膝盖上。于是，姐夫就有了决心：说有一天自己也要尝试一番。

鼻屎的细节贯穿全篇，"活"了三个人物（性格鲜活），调节了"我"由恨发起的爱的关系。最为微妙的是：姐夫模仿"我"，"我"却遗忘了初心。结尾自问：我有做过这样的举动吗？

对"我"而言，与其说是遗忘了爱（进入潜意识），倒不如说是放弃了爱，因为姐妹的关系起了变化，"我"爱的好友成了姐夫——这个故事隐着，但通过鼻屎浮出来。这是一个关于爱的故事，"俗"升华为"雅"，恨转化为爱。温馨而温暖。可见，一个有含量有活力的细节，能够成就一篇独特的微型小说：结成人物的关系，激活人物的形象。

附文

鼻屎的故事

［韩］申京淑　著　　　千日　译

　　尽管我已经三十好几了，姐姐还是会时常称呼我为"蜡笔小新"。每当她这么称呼我时，便意味着她又喝多了，姐夫又将自己挖出来的鼻屎抹在她的膝盖上，这也意味着我们回想起那个曾经被大人们称呼为"小新"和"小可爱"的童年时光。

　　——正如这个世界上大部分外号一样，"蜡笔小新"并没有得到我的认可，但等我回过神来的时候，我就已经成了"小新"。我并不知道这个外号的由来是因为我前额凸出还是后脑勺凸出。在我看来，我的前额和后脑勺在凸起程度上基本不分伯仲。

　　对我而言，儿时的经历就如同人生的一道黑影。直到现在，每当我在婚宴或其他地方见到儿时同乡，主动打招呼说"我是敏浩"时，对方必然会摆出一副"敏浩？谁啊？"的疑惑表情，而若此时有人提醒"他就是那个蜡笔小新"，对方肯定会恍然大悟："啊，原来是蜡笔小新啊！"对于这样的反应，我也是无可奈何。

　　不同于我的"蜡笔小新"，姐姐小时候叫"小可爱"。对于这个外号的来历众说纷纭，她本人坚持认为是因为自己小时候长得太过可爱。而奶奶的记忆中有另一个版本：某一个春天，奶奶偶然在院子里逗弄刚出生的小鸡，说："小可爱，快到奶奶这里来。"姐姐以为是在叫自己，便屁颠儿屁颠儿地跑了过去。于是，她就有了"小可爱"的称呼。

　　——同时，这样的行为也意味着姐姐感受到了孤独。虽然姐姐的脸蛋不是很惊艳，但却很耐看，而且是越看越可爱那种。她的眼睛不大，却闪闪发亮；鼻梁不高，却别有风情；尤其是在微笑时，那对微微凹陷的小酒窝更是美不胜收。因此，每当姐姐带着小酒窝朝我微笑的时候，我都会暗骂一声："小妖精！"

　　从小时候开始，每当"蜡笔小新"见到面带微笑的"小可爱"时，都会不高兴地喊一声"姐姐"，而姐姐总会带着疑惑的表情看着我。于是，我就对她说："不要随便对别人露出这种微笑。"姐姐则用一种莫名其妙的表情看着我，当然我根本没法跟她解释，这样的举动完全是出于私心。因为我不愿意与别人分享她的微笑与诱惑。然而，姐姐并没有听进我的警告，结果"自食其果"，最终嫁给了我的好友。你们猜得没错，就是我之前提及的姐夫，我根本没办法祝福他们。事实上，我当时的心情就如同吃了苍蝇一样难受。

　　唉！至于之后十年发生的事情，我不愿意再多说，想必大家也能猜出一二。我只能眼睁睁地看着曾经的好友成为姐夫，并随意使唤我的姐姐"小可爱"，我只能怀着无可奈何的悲愤心情慢慢接受。而每当我的好友兼姐夫做出类似于喝醉酒后用手指从鼻孔里挖出恶心的鼻屎，再抹到姐姐的膝盖上的举动时，我的姐姐就会给我打电话抱怨："小新！你那姐夫怎么能这样啊？"有时，我也会转换到好友的角色，质问姐夫做出这种怪异举动的缘由，但回应我的始终只有他那奸计得逞的表情。除却这种怪异的举动之外，他其实是一个很合格的朋友和丈夫。他很爱我姐姐，这一点周围的人都能察觉得到。

　　然而，今天姐姐给我打电话时，声音里却透着一股忧伤。她说，今天，那个浑小子竟然用大拇指挖鼻屎抹在她膝盖上。要知道，平常他最多就是用小手指挖鼻屎的。这又是什么情况？挂完电话，我便马不停蹄地去了姐姐家，决定给我那个好友一个下马威。当快来到姐姐家的时候，我先是给他打电话，命令他在我尚未发火之前到单元楼前的炸鸡店一趟，然后一边决定今天必须要让他说出作怪的缘由，一边用啤酒和烧酒调出"炸弹酒"，连干四杯。因为只有这样，待会儿见到他的时候，我才有胆气将他看作朋友，而不是姐夫。

但是，当他找到我的时候，我已经酩酊大醉，而他则很自然地进入姐夫的角色，搀扶着我坐在我的身旁。我不领情地甩开他的手，朝他怒吼了起来："怎么回事啊你？为什么欺负我姐姐？听说你今天还用拇指挖了鼻屎？你为什么要这么做？你知不知道那有多恶心？"

我握紧拳头站起来，再"嘭"的一声砸在饭桌上。登时，一股剧烈的疼痛袭来，我差点儿以为自己的拳头碎掉了。然而，我的好友不但没有按照我预计的"剧情"那般撤掉"姐夫的威严"，反而饶有兴致地打量着我，随即察觉到我一脸认真和愤慨的表情，犹如看到漫画书中的搞笑情节一样，忍不住捧腹大笑起来。

他竟然还笑得出来？我可是很认真的！

"告诉你。今天，你在我眼中只是朋友，而不是姐夫！你到底为什么要对姐姐那样？如果你今天不解释清楚，我立马就带走我姐姐！"

"臭小子，我这可都是跟你学的！"这个不知该叫朋友还是该叫姐夫的家伙笑着回答说，"你知道我为什么喜欢上你姐吗？我没有姐妹，你这家伙却有三个姐姐。你以为我经常跑你家里是为了找你吗？我是羡慕你有三个好姐姐。有一天，我去你家玩，我看到你在跟姐姐们吃饭，你挖出鼻屎，若无其事地抹在'小可爱'的膝盖上。你不要说你忘了啊！即便是再疼爱弟弟，挖出鼻屎抹在自己膝盖上这种事也总是会生气吧？可你姐姐竟然不嫌脏，就那么淡淡地看了一眼，便不再理会，甚至还夹起一块酱牛肉放到你碗里。我当时真的吓了一跳。我没有姐姐，有三个哥哥。若是我对哥哥们做出这种举动，他们肯定会把我抓起来当作沙袋胖揍一顿！就是从那时候开始，我就想着总有一天自己也要试一试。现在知道我这么做的原因了吧？臭小子！"

我做过这样的糗事吗？我收回彪悍的气势，讪讪地坐回到自己椅子上。

（选自漓江出版社《想要说给月亮听的故事》，略有删节）

城市神话：走和飞的两种表现方式

　　智利作家迭戈·穆尼奥斯·瓦伦苏埃拉写城市题材的微型小说集《出售幻觉》，可以从多种角度阅读，我选择了从表现孤独的角度，立即有包括同名作，以及《天使》《假面游戏》《清晨散步》《上面的那东西》《天蓝色的房间》《高速列车》《出逃的花朵》等一大串微型小说聚集在孤独的旗下。

　　江冰教授曾以《远离城市：微型小说的短板》为题，指出了中国微型小说作家写乡村多，而写城市少。我和他有一篇城市微型小说之缘。我想，城市的题材出现短板，而大多数作家却在城市。难道出现了盲区？"文变染乎世情"，当代小说的趋势就是城市叙写。我也发现一批生活在海岛、海边的作家，小说里缺失"海味"，这种现象值得思考。写什么？怎么写？我选了瓦伦苏埃拉写城市中孤独的小说。

　　瓦伦苏埃拉1956年生，理工男，在智利大学物理数学学院任过教，曾涉猎人工智能领域，而且有所建树，其微型小说里可见这方面的底子。后弃理工从文学，当了智利文学协会主席，出过多部微型小说集（《出售幻觉》为精选），获过"蜂鸟"微小说奖（微型小说在拉美称为微小说）。

　　《出售幻觉》中68篇微型小说，有近一半是所谓的闪小说。他不是写实，而是飞翔。启用了经典童话、民间传说，以及经典小说里的原型和元素，剥离了原型的外衣和时间，放置到当下的现实之中，原型与现实对接，生成新奇的城市神话。是采用假定的方式重构微型小说：看一看会出现什么情况？并且利用自己理工的特长，将网络时代的现实（网恋、克隆）也纳入。将广义的人物放在文学的哈哈镜前，调动夸张、变形、荒诞的手法，可见其中灵动的魔幻。也在拉丁美洲"文学大爆炸"的影响之中。我看到他对卡夫卡的致敬，表现在多篇套用《变形记》，却放在他所在的现实之中。"文学大爆炸"之所以爆炸，是那批作家将法国超现实的方法与拉丁美洲的现实结合在一起：用某种方法发现自己的现实。瓦伦苏埃拉的方法很独特，也启发了我阅读的飞翔。

关于孤独，自然想到马尔克斯所有小说表现的各种孤独，我偏爱他不带魔幻的《一桩事先张扬的凶杀案》，想到日本作家黑井千次的微型小说《老太婆和自行车》。都是写实。而瓦伦苏埃拉写孤独，却有趣味（阿乙的序以《趣味总管》为题，内容却不写其"趣味"，那么我接过话茬）。有趣的是，瓦伦苏埃拉采取拟人化——超现实，比如，一朵花逃出花园，一辆巴士飞起来。还有各种有趣的魔兽，但作品中的人物不惊奇。甚至，恐龙听了各种版本自己的故事，忍不住袭击了微型小说大会的参与者（仅有44个字）。这是受了误解的孤独。我想到意大利作家曼加内利的一句话小说《恐龙》，也写孤独。

瓦伦苏埃拉的微型小说里，形象飞扬。套用帕慕克的小说《我脑袋里的怪东西》，瓦伦苏埃拉的脑袋里装满了童话般的怪东西，增加了作品的趣味，更重要的是，他以轻抵重。以轻逸的形象，展开文学的飞扬，又落在沉重的现实上，直击存在的本质，体现了微型小说的游戏精神。

我选择一个散步，一个乘车。这是城市日常生活的常事，每个人都有这方面经验和经历。《清晨的散步》是写实（我称之为走），《高速列车》是飞翔（简称为飞）。瓦伦苏埃拉两套方法都应用得得心应手，举重若轻。

同样写孤独，黑井千次写老太婆和自行车的关系，最后写了像小姑娘一样的老太婆做了一个梦，梦里，树上结满果实一样的铃铛，抵消了孤独之沉重。瓦伦苏埃拉在《清晨的散步》里，写了主人公与塑料模特的关系，由看到想，在看的过程中，转换视角，写塑料模特对他的反应：微笑、流泪，甚至，"不能如愿的事情太多太多"。不交代看和被看的不如愿的事情。其实是看者——他的主观臆想，却像她（塑料模特）活了一样。结尾：也就是因为她，他才熬过了那些日子。一个熬字，沉淀了孤独难熬。一个男人竟然能够也只能够与橱窗里的模特交流感情，我想，那个每天早晨散步的男人，不也关在更大但无形的"城市橱窗里"吗？

《清晨的散步》，阅读进行时，也是情节展开时，以为他和她在用目光交流，相互关注，从容推进，已达到了"炽热"，以为该产生爱情的火花了，却点出她是橱窗里的塑料模特。男人一厢情愿的情感投射，孤独中的幻觉。

文学与科学是孪生姐妹。物理学、心理学等科学的新发现，都在给文学注入新的活力，这个意义上看，科学也是文学的生产力。比如，爱因斯坦的相对论，改变了文学的时空观。这种时空观与拉美文学结合，生成了卡彭铁尔小说的时空倒流、博尔赫斯的时间暂停。我也在微型小说中玩过时间倒流，就是一个老人往婴儿方向生长、像倒带一样。《高速列车》就这样处理时空。文本仅八行。再次提醒，瓦伦苏埃拉在理工科上是有所建树的学者。

无名无姓的主人公坐着列车行进，相对的座位——反向，"感觉就像是在倒退，而不是前进"。他笑着感叹：这简直就是人生啊。作者简洁地描述了景观的单调乏味，与自得其乐的他的情绪形成反差。均为反。醒来，他发现自己变成了一个孤零零的婴儿（瓦伦苏埃拉又一次向卡夫卡的《变形记》致敬）。时间回流，快速倒带。乘车、睡觉，他由成人变成婴儿。

结尾敞开着，他来不及抓住难得的第二次机会，因为，"列车已经无可挽回地启动了返程"。抓住机会又怎样？疑问抛给读者。小说是提问的艺术，提出高级的疑问就是作家的任务，而且，只提出问题，不解决问题；只呈现形象，不做出定论。那是存在境遇之困惑。由此，我想到卡夫卡的三部长篇都残缺了结尾，其实表现出卡夫卡的困惑。

附文

清晨的散步（外一篇）

［智利］迭戈·穆尼奥斯·瓦伦苏埃拉　著　　范童心　译

每天早晨，他都会从那里经过，颤抖的双手藏在已无比破旧的大衣口袋里。他总是默不作声地看着她，向她抛去快乐、忌妒和痛苦的目光，直到暂时忘记了饥饿。他专注于她的傲气、距离和遥远迷离的双眼。她的无所谓从未让他放弃，他也毫不在意她那与自己的落魄相去甚远的高高在上。

有时候，她也能够感受到他目光里的炽热，甚至想做出回应，对他露出一个微笑，或者落下几滴眼泪。但是，对于一个橱窗里的塑料模特来说，不能如愿的事情太多太多。

不过，也就是因为她，他才熬过了那些日子。

高速列车

他反向而坐。就是说，跟列车行进的方向相对。他知道的时候已经没法换座位了。感觉就像是在倒退，而不是在前进。他不由得笑了，这简直就是人生啊。身不由己地摇摆，一闪而过的景观，乏味单调，令人昏昏欲睡。

一觉醒来，他发现自己变成了一个孤零零的婴儿。但想要抓住这难得的第二次机会是来不及了，一列火车已经无可挽回地启动了返程。

（选自漓江出版社《出售幻觉》）

重复杀蟑螂：我讲故我在

　　我随性打开外国微型小说专题书橱，随意抽出《隐秘的幸福》。就如同我儿时在塔克拉玛干沙漠经历的那个夜晚，满天繁星，我躺在冷却的沙丘上，凝视着其中一颗星星，不眨眼，那颗星星沿着我目光的轨迹滑下来，几乎要抵达我……我一眨眼，它迅疾地回到群星之中。那次，是我贸然进入沙漠，正如塔克拉玛干意为"进去出不来"一样，我差一点……我用小孩的直觉跟随一只狐狸返回了绿洲。

　　那是我记忆中的星辰时刻。巴西作家克拉丽丝·李斯佩克朵的小说宛若"星辰"。1977年12月，她患癌症，年仅52岁，一颗文学的星辰坠落。1993年10月我在《外国文艺》第一次读了她的一组儿童小说，2013年10月读了她的中篇小说《星辰时刻》，2016年7月读她的《隐秘的幸福》，是微型小说集，"短经典"之一，是她的代表作。

　　李斯佩克朵的小说，无论长、短，给成人，为儿童，都带着自传色彩，只不过她"隐秘"着。她能够在日常生活中发现如同"星辰"的闪烁，而且，从哲学和诗化的曙光中观照现实。法国女作家艾莱纳·西克苏倾慕地说她是"踏着天使的脚步进行着写作"。

　　她一直都在"逃离"（那是跟门罗不一样的逃离）。幼年随父母举家由乌克兰逃离至巴西，但她有犹太血缘和文化之根，长大后随夫驻外十六年——自我流放；她逃离一切文学成规。于是，她的作品为难了评论家，因为所有成规的理论套子，套不上她的作品。她在语言和主题上的新颖，正如她自述所言："一瞬间，我准备爆炸成：我，这个我是你们……"甚至，她借小说中的人物声称："当我死时，我会很想我自己……"她的作品，随着时间的推移，已成为经典。她的魅力在于难以归属进往的流派和理论，不过，帕慕克、托宾等经典作家视她的小说为知音，纷纷动笔点评和写序。

她说："倘若不是书写的新奇，每一日我都会象征性地死去。"这是一种终极写作。所以不要将我选择的《第五个故事》看成形式的新颖——她不是玩形式耍技巧。在她这里，形式即内容。我陈述背景的目的，就是要提醒这一点。我故意选择形式感很强的《第五个故事》，读者可以延伸阅读《以我的方式来写两个故事》。可见，她对表达问题的焦虑和关注。经历的曲折和成规的强大，使她感到表达之艰难。面对"大"，她往往选择"小"——小的意象。

《第五个故事》，紧扣着小小的蟑螂。注意：五个故事都重复道：我抱怨家里有蟑螂。这是"我"如何杀死蟑螂的故事。其实，只是一次就杀死了，可是，第一人称"我"用了五次讲"如何杀死蟑螂"，由此，成了反复的杀——那是一种幻觉，但是，陈述中成为现实，每次重述同一个对象，同一个行动，分别赋予了不同的名称，仿佛是新鲜的又一次，每次重述，还增量还逸出，甚至跟庞贝古城、石膏丰碑、爱情故事挂钩。我称为玄思。隐秘的情绪却是表达的焦虑——怎么才能说清说尽？却又说不清道不明。每一次重述都新鲜，蟑螂不断侵入，似乎"我"配制的药难以对付。所以，叙述者开始就声明：如果给我一千零一个夜晚，纵然只有一个故事，我也可以把它变成一千零一个故事。这就是说，一次杀蟑螂，即使杀死了，但是，一个故事可以无限地讲，讲成一千零一个故事。这与《一千零一夜》构成隐在的互文性，在讲述的过程中，如影随形，影响着"我"，一个是五，是一千零一个，是故事，也是蟑螂，而且，故事和蟑螂之间，绝不抵牾。重述中，蟑螂不灭，斗争不止。假想敌，源自第一个故事引发的幻象。我意会其中的隐喻。有位作家在见过李斯佩克朵后，发现她有一种对空无的激情。不过，通过语言而不是行为呈现杀蟑螂的故事，我想到西西弗斯推石头的重复行为，那是人类的境遇。我更觉得，李斯佩克朵像《一千零一夜》的山德佐鲁讲故事，我讲故我在，用讲述延续生命和证明身份。她不写作，就活着难受。

阅读经典，是因为经典能引发出联想，那种联想称为普遍性。我选择《第五个故事》，有两点联想。一是由她的蟑螂联想到我的蚊子。我曾数次与蚊子交战。我发现蚊子是不是进化了，蚊子"唱歌"（嘤叫），时常让人一夜难眠，人庞大，蚊渺小，大对小的无措无奈。即使打死了蚊子，可幻觉中仍存在，总是听见蚊子袭扰的吟唱，想象一个大男子，手舞足蹈对付时隐时现的蚊子的战斗情境，倒是我疯狂了焦虑了。

二是，由《第五个故事》想到雷蒙德·卡佛的小说《毁了我父亲的第三件事》。两者有异曲同工之妙。卡佛在小说开始就揭晓哪三件事"毁了我父亲"。详细讲了两件事，而放空了第三件事。《第五个故事》也如此，结尾，仅是点出一笔第五个故事的名称，再重复点一笔故事的开头：我抱怨家里有蟑螂。不了了之的结尾，却只讲第五个故事的开头，开头即结尾。两篇小说的题目均显示"第三件事""第五个故事"的重要性，该讲了却放空，这是对读者期待的重头戏的一种颠覆。那是敞开着而不是封闭的结尾，换个词叫收笔。就像现实中的交流，讲了一大堆泡沫式的空话，该讲一点真话了，那个人中止不讲了。按现实生活的进程，是突然中断，没有下文。十九世纪的小说讲究完整、圆满，很少发生这样的状况。如契诃夫所言：第一幕悬挂着一支猎枪，剧终前一定要有枪响。但是，现在，枪不一定会响。

附文

第五个故事

[巴西]克拉丽丝·李斯佩克朵　著　　闵雪飞　译

　　这个故事可以叫作"雕像"。另一个可能的名字是"谋杀"，或者是"如何杀死蟑螂"。我至少可以写三个故事，都是真的，彼此绝不矛盾。如果给我一千零一个夜晚，纵然只有一个故事，我也可以把它变成一千零一个故事。

　　第一个故事："如何杀死蟑螂"是这样开头的：我抱怨家里有蟑螂。一位女士听到了抱怨，给了我一个杀死蟑螂的配方：把糖、面粉和石膏等按比例混合，面粉和糖会把蟑螂招引过来，而石膏会烧灼蟑螂的内脏。我这样做了。它们死了。

　　另一个故事和第一个故事是一样的，名字叫"谋杀"。它这样开头：我抱怨家里有蟑螂。一位女士听到了，给了我配方。然后便进入谋杀。事实上我不过是泛泛地抱怨一下蟑螂，而它们根本不属于我：它们属于一楼，攀爬楼房的管道来到我家。我照着那方子配药的时候，它们才真正成了我的。这样，现在，我开始称量各种配料，每一样都多加一点儿。一种淡淡的恨意统治了我，那是一种凌辱的意识。白天看不到蟑螂，没有人会相信这暗中的坏人正在安静地啃噬着房子。然而，如果说它们就像暗中的坏人一般在白天呼呼大睡，那我就是在为它们准备夜晚的毒药。我难耐激动，小心翼翼地为这漫长的死亡调配着药物。兴奋的恐惧与我自身暗中的坏指引着我。我现在心如铁石，只想做一件事：杀死每一只蟑螂。当疲惫的人进入梦乡的时候，蟑螂便沿着管道攀爬上来。药也配好了，这药是给那些如我一般狡猾的蟑螂的。我娴熟地撒着药粉，直到它与自然浑然一体。房子里寂静无声，我躺在床上，想象着蟑螂一个接一个地爬上来，来到厨房，黑暗在呼呼大睡，唯一醒着的是晾杆上的毛巾。几个小时之后，我醒了，居然那么晚了，我不禁大吃一惊。天色微明。我走进厨房。它们横陈在地上，巨大而僵硬。我用一个晚上就杀死了它们。天为我们而亮。小山上一只公鸡在打鸣。

现在要开始讲第三个故事，名字叫作"雕像"。开头说我抱怨家里有蟑螂。接着还是那位女士来了。直接从黎明说吧，我醒了，睡眼惺忪地来到厨房。贴瓷砖的区域里的睡意比我的还要浓。晨曦中一片黯淡，一抹紫红让一切遥不可及，我辨认着脚下的影子与白色：十余座僵直的雕像散落在地上。蟑螂从内到外透着僵硬。一些蟑螂肚皮上翻，另一些陈列在没有完成的姿态中。有一些蟑螂的嘴里尚留有白色食物的残迹。我第一个见证了庞贝古城的破晓。我知道昨晚发生了什么，我知道那黑暗中的狂欢。有些石膏硬得极慢，拖延了死亡的过程，蟑螂尝试着从自己的身体里逃走，它的动作越来越迟缓，恐怕还在贪婪地体会着昨晚的欢愉。最后它于无辜的惊惧中变身成石，目光中犹带有一种伤心的责备。另一些蟑螂突然被自己的体髓袭击，甚至没有察觉自己已经变成了石头。它们瞬息之间结成晶体，仿佛话刚说了一半：我爱！在这个夜里，它们徒然地用爱情的名义歌唱。还有一只，就是那只棕色触角沾染上白痕的蟑螂，大概太晚才猜到自己之所以变成了木乃伊，正是因为不知道该如何徒劳："我太关注我的内在！我太关注我的内在！"——我从人的高度目睹了一个世界的崩塌。天亮了。死蟑螂的一两只触须在风中僵硬地抖动。前一个故事中提到的公鸡打鸣了。

第四个故事开启了家里的新时代。那个开头人人都知道：我抱怨家里有蟑螂。直接从我看到这些石膏的丰碑开始说起吧。它们都死了，是的。但是我看了看管道，今天晚上，那儿将有一群生灵再一次缓慢而鲜活地鱼贯而入。难道我要每晚都准备那致命的糖吗？就像那种渴望着仪式，不然睡不踏实的人一样。难道在每一个清晨，我都要睡眼惺忪地来到厨房？为了滋养我那找寻雕像的嗜好，前一天晚上我会汗水淋漓地把它们立好。面对这女巫的双重生活，我不禁惊讶于我邪恶的快感。我也惊讶于石膏带来的讯息：一种活的恶习在我的身体里萌芽。在两条道路之间做出选择是痛苦的一刻，我想，任何一种选择都意味着牺牲：要么是我，要么是我的灵魂。我做出了选择。今天我可以在心里隐秘地炫耀着美德的标牌："这间房子被喷了药。"

第五个故事叫作"莱布尼茨与波利尼西亚之爱的超验性"。它是这样开头的：我抱怨家里有蟑螂。

（选自上海文艺出版社《隐秘的幸福》）

俗与雅：憋出了可爱善良的形象

　　我毫不犹豫地选择日本作家新美南吉的《鹅的生日》，是因为，我的记忆里也有"屁事"。我写过艾城系列的《一件有创意的屁事》，还有我念初中时，一个同学放屁，引起教室里的尴尬，又笑又议，但不说屁，还是喧响中难以讲课的语文老师点明：屁乃五谷杂粮之气也。

　　尴尬的俗怎么写出美好的雅？这是对作家的考验。

　　新美南吉（1913—1943）是日本儿童文学作家，30岁死于肺结核病，他犹如一颗文学的流星（请欣赏他有童趣的《流星》），写过很多少年小说。在日本文坛，素有"北有宫泽贤治，南有新美南吉"的说法，被誉为"日本的安徒生"。

　　我先后购入其多种篇目重复的集子，每一次读都新鲜——这也是经典的标志。我在2012年8月的《拴牛山的茶树》这个版本的扉页记下阅读时发生的事："看着看着，忽觉自己成了小男孩。儿子进来，似乎有什么事，他的目光疑惑，问：爸爸，你怎么了？我觉得儿子很高大，就想：是不是辈分看错了？"我找出2011年3月读过的另一个版本《去年的树》，扉页上记着："其作品呈现了这种可能性：仿佛也是我的童年、童趣、童心。"

　　新美南吉原本是他哥哥的名字，哥哥出生18天后夭折，父亲就让他承接了哥哥的名字。他4岁那年，妈妈不幸病故，8岁时，30岁的叔父病逝。似乎有一种宿命笼罩着他。他在日记中写道："我大概也活不过30岁吧。"一语成谶。后被父亲送到祖母的小村。这样的身世背景，可在其作品里看出。尤其是童年时代的小山村生活，作品里的动物、树林等有其身影。他14岁就开始创作（童话、小说），他还做过海边小学代课老师。1943年3月22日，他与世长辞，而上一年，也是生前仅出有一本作品《爷爷的煤油灯》。后人整理出他十二卷《新美南吉全集》。他的经历有点"暗"，可他的作品充满了"亮"。

我曾就他的一篇微型小说《一束火苗》，写过一篇四千字的评论《光的故事：传或引》；《去年的树》已选入小学语文四年级上册课文，是2019年秋开始统一使用的"统编本"。还有《变成了木屐》等狐狸系列，我视为魔幻微型小说。

怎么将俗写成雅？怎么用细节写活人物？都是写作时应把握的问题。微型小说，或童话，动物就是人物。

唯一要掌握的一点是，保留动物的特性。《鹅的生日》里，主角黄鼠狼放屁，这是众人皆知的黄鼠狼突出的特性，屁是"烟幕弹"。写出动物性的同时，也写出人性，更写出孩子气。屁，或气的憋和放，完成了形象的塑造。

庆祝鹅的生日，那些动物客人，假如置换成人物，这篇作品也能成立。而且，美味佳肴，也是人类的食物，甚至有菜粥。有旱獭医生。再假如，将黄鼠狼替换为小男孩，小男孩常搞恶作剧，也未尝不可。

但是，这场人类的生日宴会，就没了趣味；换作人来"憋"，人不会那么单纯。动物和小孩，某个点有相通之处。我看黄鼠狼像小男孩，却保持着黄鼠狼的特性。

过去，我们对黄鼠狼皆是负面印象。很多动物被人类的成见冤枉了。新美南吉颠覆了习惯的形象，给读者一个可爱、善良的黄鼠狼形象。小说的存在理由之一是颠覆，反叛惯性思维，由此，写出新意。

动物小说，能将本来敌对的动物聚合在一起，让它们平等相处。还有野生和家养的动物，作者将所有的差别都取缔。唯一点出黄鼠狼有一个不好的习惯：放的屁又臭又响。那会影响生日的喜悦气氛。

请还是不请？作者贴着屁的细节从容推进。兔子代表大家出面去邀请，还客气地请求黄鼠狼：请你今天千万不要放屁。

黄鼠狼的反应是脸臊红了，分明是人类的脸。唯有紧扣黄鼠狼的屁，承诺：好吧，我一定不放。

此文节奏明快、简洁，以换行的方式体现，到了已是一半的篇幅，前边为铺垫、渲染。

聚餐时，只交代了包括黄鼠狼在内，大家都吃得痛快。强调，表象的因果；大家觉得一切都很如意，因为黄鼠狼没有放屁。"觉得"这个词，可以想象大家都警惕着屁的气味和声音，但黄鼠狼"没有放屁"，仅是表象，采取了什么措施？憋。自控着屁，克制的礼貌，都省略了。

笔锋一转，突然倒，而且昏倒。再加一点：胀得鼓鼓的肚子。一系列紧凑的细节，传达出憋的结果。

大家的反应是：担心。

旱獭医生（设置医生是给黄鼠狼配套）指出昏过去的原因（拼命憋屁），采取治疗方案（让黄鼠狼痛痛快快地放个够）。

无疑，黄鼠狼憋屁在积攒能量上，我想到即将喷发的火山岩浆。这也是黄鼠狼的代价，正是如此，为了大家，它通过憋，憋出了黄鼠狼的形象：可爱、诚实而又善良。当一个人物坚守承诺，克制住自然的习惯，遵守群体的规约，那种克制，就黄鼠狼而言，是憋——怎么做？文学的任务（形象和人性）就达成了，俗升华为雅。

《鹅的生日》结尾一句，我认为不够妥帖：看来，还是不应该叫黄鼠狼来啊。

因为，前面的邀请很真诚，大家的反应也很善意。贴着情感写，倒是应当反省，该替黄鼠狼着想，毕竟它兑现承诺付出了那么大的努力和代价。如果让兔子懊悔：是我疏忽，宴会期间，带它出去放一放就好了。这样，还可与邀请呼应。

让"人物"自己去憋，作品就会气脉贯通。其实，阅读也要投入：贴着人物，贴着细节。怎么读，就会怎么写。

附文

鹅的生日

[日] 新美南吉　著　　周龙梅　彭懿　译

一个农民家的后院，住着鸭、鹅、旱獭、兔子和黄鼠狼。话说有一天，正好鹅过生日，大家都被邀请去鹅那儿做客。再叫上黄鼠狼，客人就齐了，可叫不叫黄鼠狼呢？

大家都知道黄鼠狼并不坏，只是它有一个在众人面前不好说出口的习惯。什么习惯呢？不是别的，就是它放的屁又臭又响。

可是单单不叫黄鼠狼，黄鼠狼肯定会生气。于是，兔子被派去叫黄鼠狼。"今天是鹅的生日，请你也一起去吧。"

"啊，是吗？"

"不过，黄鼠狼，我们有个请求。"

"什么请求？"

"嗯，对不起，请你今天千万不要放屁。"

黄鼠狼很不好意思，脸都臊红了。它回答说："好吧，我一定不放！"就这样，黄鼠狼也到了。

美味佳肴端上来了。有豆腐渣，有胡萝卜梢儿、瓜皮和菜粥什么的。大家吃了个痛快，黄鼠狼也吃了个痛快。

大家觉得一切都很如意，因为黄鼠狼没有放屁。

可是糟糕的事情最终还是发生了。黄鼠狼突然昏倒在地上。

这下可糟了！旱獭医生赶紧诊察黄鼠狼那胀得鼓鼓的肚子。"各位，"旱獭望着大家担心的样子说，"这都是因为黄鼠狼拼命憋屁造成的。唯一的治疗方法，就是让黄鼠狼痛痛快快地放个够。"

哎呀呀！大家你看看我，我看看你，无可奈何地叹了口气。唉，看来，还是不应该叫黄鼠狼来啊。

（选自同心出版社《去年的树》）

开始惩罚：童年与命运的时间处理

有句老话：三岁看到老。童年蕴含着人生多少可能性？起码，我现在看世界的基本视角还是来自童年。所以，我好奇匈牙利作家雅歌塔·克里斯多夫的童年对她终身写作所起的作用。

她的微型小说《开始》，就是写她——"我四岁。战争刚刚开始。"她的阅读也开始了。

克里斯多夫的自传体小说《不识字的人》，由四部作品构成，是碎片化的表达。其中《噩梦》纯粹是一部微型小说集。《不识字的人》自传体色彩最浓，《开始》为其中一篇，属于经验写作。

《不识字的人》主要写了逃离的生涯，更是语言的逃离。她身不由己地逃离了母语——匈牙利语，二十一岁流亡到瑞士，成了"不识字的人"，即文盲，她开始学法语。1978年以来她用法语写了23部作品。身份、归属、语言、逃离、回归，是她的小说最为纠结的主题。1986年，首部《恶童日记》震惊文坛，1988年的《二人证据》，1991年的《第三诺言》，合称为《恶童日记》三部曲，用碎片化的表达写战争中两个小男孩的境遇。第一部《恶童日记》为最佳。我对她的小说的语言印象深刻：几乎没有形容词，把语言简约到只剩动词、名词，很冷峻的语言，这种语言当然与"恶童"与战争相匹配。

可是，《不识字的人》，仍然保持那种语言，那是她逃离母语的结果。一直使用汉语表达的我，渐渐体会出其中的奥秘和尴尬，她不得不选择法语，但又像儿童那样表达，简单又简约的句子。动感、短促、切换、节奏，她创造了如此利索的文学效果。我想，是不是四岁就奠定了她未来的语言风格？或说，她内心还住着童年的小姑娘？

小说写关系。我注意到她与父母的关系。这也是我纠结一生的关系。很多篇什，她写了这种关系。《我的父亲》可视为《开始》的姐妹篇。能够看出她对父亲的深厚感情，父亲已死了，她觉得还活着。那个装着骨灰的瓷罐回归不了故乡。又一种"开始"。身体逃离，灵魂回归。她写了两头没着落的"中界"的尴尬。这也是"在路上"的当代人共同的情感。

有位文友问：你写微型小说，读得最多的是什么小说？我答：长篇小说。他疑惑。我说：知道了"大"，掌握"小"不就容易了吗？

克里斯多夫无论长或短的小说，都是碎片化表达，仿佛是战火中炸裂出的碎片，关键的是，所有的碎片均有一个总体的气息融合为整体。像太阳照着万物生长。单独一个碎片（一篇），我能找到它在整体中的位置（系列微型小说的方式）。阅读是一种黏合、贯通。

回头看《开始》，第一句："我阅读。这就像一种病。"所谓的病，是世俗的眼光评判的结果，即"这是最没用的本事"。文学是无用的东西，但是，对作者而言，颠沛流离，幸亏灵魂有了安放之处——有用。开始一句，显然是现在的视角。转而进入四岁时的视角。

战争开始，大人忙乱。四岁的她如何生存？其父在小村庄里教书，其母在家忙着家务，谁也顾不着她。她家与学校仅一个操场之隔。她跟着母亲在家。她刺耳的喊叫，母亲对待她的方式是惩罚——送到父亲那里。温馨的惩罚，换成小男孩就不一样了。

我想起一个童话，惩罚海龟，人畏惧海，就自以为是地把龟投入海，人料不到那是回归。在《开始》里，母亲心烦，就简单处理，却成全了四岁女儿的阅读。惩罚与阅读链接起来，深处是恶与善、反与正的转折。这奠定了她一生追求"没用"的东西，从阅读到写作。一个细节改变人生。契诃夫的小说也常有这样的转折，比如《吻》，一个错位的吻，改变了一个男人的一生命运。

转入核心的场景，父女关系。

父亲在教室里上课，四岁的女儿怎么进门？微型小说里，怎么让人物入场？可不能随随便便，得表现出作家的功底（生活和文学），也得显示人物独特的关系。人物的进场、入门，必须讲究。每个人都不一样。

父亲的做法是先说"靠近一点"，女儿的做法是对父亲的耳边悄悄说"惩罚……妈妈的……"。靠近，悄悄，一高一低的父女。我能够想象出，双方的姿态；当然，第一人称免去了这些内容，就如同不能写脸红了，只能写脸热了。可以读出，惩罚是常规。作者没写教室里的学生，我通过父女微妙而幽默的交流感受到了。这种省略的前提是作家心里已有，读者心中意会——创作与阅读有了共鸣。

但是，父亲追问：没别的吗？

意味着女儿还是信使——传话筒的身份，给父母传话，也是常规。作者省略了常规的交代，只写异常。夫妻之间忙得相互交流的时间也没有了。此次是女儿受惩罚，不是信使。

作者还传达了人物的畏惧心理。女儿说："没，没别的。"

母亲惩罚，父亲接纳。行，递插画书；说："坐下吧。"

紧贴小女孩的喜好，又写出了父亲的性格，更慈爱。她坐到教室后排的空位上。小女孩对教室熟悉，每次受惩罚她都享受如此待遇吧？！

微型小说处理时间也有讲究。《开始》，是将童年和一生连接起来，涉及现在时、过去时的转换。克里斯多夫运用自如，仿佛把指针灵活地拨来拨去那样，留着清晰的时间刻度。呈现出的则是从容、自在的文本。

又转回现在时。点出"患上了无可救药的热爱阅读病"，与开始的那句话调到同一时间频率。即刻调回过去时，继而，引出外祖父以她的阅读为骄傲，但更多人反应是：责备与轻视。世俗的"有用"轻视阅读的

"无用"。价值观的冲突。

她仍沿着"无用"的方向前进，不做"有用"的家务。小说在这种意义上立住了，小女孩的形象也立起了，因为她的行为与常规的价值观相悖。一个关于惩罚的故事，主人公——四岁的小姑娘我行我素，以她特有的温和方式对抗强硬的惩罚（包括众人的责备和轻视）。而未来的人生，她不断地遭遇各种"开始"。人们总是去想结局（或结果），其实，人生就是一连串不确定的开始。

克里斯多夫的微型小说所谓结尾，总是保持着敞开的状态。结尾是另一种开始。

开始

[匈牙利] 雅歌塔·克里斯多夫　著　　张苏婧　译

我阅读。这就像一种病。我读所有能到我手上的、在我眼前的东西：报纸、教科书、画报、街上捡到的碎纸片、食谱、儿童书。一切印制的东西。

我四岁。战争刚刚开始。

那时，我住在一个小村庄里，那里没有火车站，没有电，没有自来水，也没有电话。

我父亲是全村唯一的教师。他教全部的年级，从一年级到六年级，在同一个教室里。学校与我的家仅一个操场之隔，学校的窗户正朝着我母亲的菜园。我爬上教室的窗户，就可以看到整个班级，还有我父亲在教室最前面笔直地站着，正在黑板上写字。教室里充满了粉笔、墨水、纸张、平静、沉默、雪的味道，即使在夏天。

我母亲的大厨房里充满着被宰杀的牲口、煮熟的肉、牛奶、果酱、面包、湿漉漉的衣服、婴儿的尿、忙乱、噪音、夏天炽热的味道，即使在冬天。

当天气不允许我们在外面玩耍时，当婴儿的喊叫比平日更加刺耳时，当我和哥哥在厨房太吵闹或者闯了祸的时候，母亲就会把我们送到父亲那里，作为一种"惩罚"。

我们从家里走出来。哥哥在存放木柴的棚子前面停了下来。"我更想留在这里，我要劈一些细柴。"

"是的，这样妈妈会高兴的。"

我穿过操场，进了教室的门，停在了门边，双眼低垂。我父亲说："靠近一点儿。"

我靠近了一点儿，在他耳边悄悄和他说："惩罚……妈妈的……"

"没别的吗？"

他向我问"没别的吗"，是因为有时候我会不用语言替母亲传信给他；或者是我不得不说出的几个词——"医生""紧急"；有时候仅仅是一个数字——三十八或者四十，这些都是因为那个小婴儿总是在生病。

我对父亲说："没，没别的。"

他递给了我一本带着插画的书说："坐下吧。"

我走到教室的后头，在全班最高的几个学生后面，还有些空位。

正因为如此，很小的时候，在毫无意识和完全偶然的情况下，我患上了无可救药的阅读病。

我们去邻近的城市探望母亲的双亲，他们住在一幢有电有自来水的房子里，我的外祖父把我搂在怀里，我们还一起去邻居家闲逛。

外祖父从他礼服的大口袋里拿出一张报纸，对周围的人说："看着！听着！"

然后对我说："读出来。"

我就读了起来。流利地，没有任何错误，和他们期望的读得一样快。

但是除了让祖辈骄傲这一点儿之外，我的阅读病带来更多的却是责备与轻视：

　　"她什么也做不了。她只是在读书。"

　　"她除此之外什么都不会。"

　　"这是最没用的本事。"

　　"这纯粹是懒惰。"

　　尤其是：

　　"她读书，而不是……"

　　而不是做什么？

　　"有别的更加有用的事可以做，不是吗？"

　　即使现在，早上，当屋里空了，邻居们都去上班时，我仍感到有点儿内疚，因为我坐在餐桌边读了几小时报纸，而不是……做家务，或洗昨晚的碗盘，或外出采购，或洗熨衣服，或做果酱、蛋糕。

　　尤其，尤其！我没有去写作。

（选自上海人民出版社《不识字的人》）

睡莲：文本与题目之重与轻的平衡

参加作品研讨、阅读文献作品时，我遇到有价值、有趣味的情况是：某个作品能引出一个有意思的话题。微型小说《睡莲》就是这样的作品。我选择（作品中的人物也在选择）微型小说的角度引出话题：文本与题目的重与轻、实与虚关系的平衡处理。大背景和微型小说，还要延伸出相关的大背景话题。

《睡莲》为丹麦作家安妮·凯瑟琳·博曼由38篇系列微型小说组成的《阿加特》中之一篇。版权页注明中篇小说。也可当成长篇小说。它由心理咨询医生——"我"一次一次为各种有心病的人咨询构成，有一种串珠为链的整体感，这是系列微型小说的创作方法。当然，书名所示的人物出现频率多些，有数篇。按类型可归为治愈小说。此为她第一部小说，她还出版过两部诗集和一部心理学著作。心理学家、小说家、诗人、乒乓球冠军（她和病人的交流也像打乒乓），几个身份，体现在小说里，心理与诗意使她的小说显示出独特的风格。时不时将平常的物事赋予朦胧而美妙的诗意，表现出女性作家特别微妙的敏感。比如睡莲、蚊香、镜子、咖啡、望远镜等细节的诗化处理。

心理咨询，其中一个重要内容是病人说梦。恰巧我每日做梦，甚至清楚地记得学龄前若干个梦（我已转化为微型小说）。我每天早晨养成了习惯，醒来忆梦，然后析梦：什么事件要发生？将如何应付？这是平常生活中的危机意识。我还能将近日的梦与数年前的梦衔接，形成"电视连续剧"。其实，我过着两种生活和人生（白天和晚上都辛苦），我的许多微型小说都来自梦。我用微型小说自救、自度。梦也是一种现实。所以，我读《阿加特》，也参与其中的人物析梦。

不过，中外有些元素的象征意义各异。同一个符号可能意义相悖。我主要借助于中国古代析梦的元素和弗洛伊德、荣格等国外权威的心理学家析梦的方法，自娱自乐，苦中求乐。而当代心理学已发生了重大的转变：介入转为倾听。《阿加特》里的心理咨询医生——"我"只是倾听，不去分析。作为读者的我，还习惯性去介入分析。我发现，"我"和我一样，对"病人"不能做什么，也做不了什么。所谓的权威何在？只有像旁听者一样倾听的份儿，最后，也下不了结论。更不能"指导"。安妮的微型小说特别之处在于，主人公对患者的心病没办法，他自己也有着心病，可敬的是他不装权威。我遇见过一类人，自己有心病，却摆起架子，貌似权威地对无病的人说"病"。

所谓权威，与视角和介入有关。这一点，跟当代小说精神差不多。作家和人物已成平等的关系，疑惑着同样的疑惑，唯有倾听和呈现。对心理咨询医生而言，是记录。甚至，连他自己也感觉有"病"了。他和病人都"放不下"——不知如何放下。仿佛大家都是病人。现在，发生显或隐的心理危机的人甚多。安妮在她的小说中，就是这么无奈、无措的低姿态。她不再有十九世纪小说那种全知全能的高姿态。意识流小说的出现与弗洛伊德的心理学发现关系密切。如今心理学的发展促使小说悄然转变：姿态和视角。俯视的权威是否该从小说中离席。

心理咨询行业，是小说的富矿。以《睡莲》为例，看一看女作家如何开采心理矿石？

从业近五十年的知名心理咨询医生，在《睡莲》开头，就摊苦经，他与病人交流存在焦虑，即丧失了所谓的权威。这也是当代作家的焦虑，面对现实之"病"不知道如何是好。

而且，存在着不确定。安塞尔·亨利这个病人"有史以来第一次迟到了"。有意思，放到历史之中来看异常——迟到。惯常中出现异常，

"我"夸张地认为"还以为今天见不到你了呢"。医生的焦虑也是读者的焦虑。我们不也会过度把事情往坏里想吗？其心理基础是对现实的反应：难以把握、难以确定。小小的迟到也引发"心理风暴"，多脆弱，多敏感，神经紧绷。病人患有强迫性神经病，医生的臆想何尝不带强迫性的色彩？

医生只能看表象："穿剪裁合身，一尘不染的衣服，就好像是他那紧绷的身体的一部分。"又写"一副刚睡醒的样子"，没梳头，没刮胡子。

双方的心里都"紧绷绷"。但是，只写外表和行动。在平常与异常的对比反差之中，突然转入：他竟然哭了起来。一个文质彬彬的男子在医生面前哭——到底发生了什么？

在情绪的迷雾中层层推进，紧扣医生的无奈无措，于是，关键的细节出现——纸巾。这是应付病人痛苦的无奈之举措，仅能处理表面的泪水，触及不了心灵。读者看到了心灵危机：他的妻子昨天死了，"他在这个世界上唯一喜欢的人"（省略了恩爱夫妻的故事，只写难以沟通的医患关系）。

进一步写医生的无奈："放在膝盖上的双手就像一对不安分的小动物"。《睡莲》由医生的视角展开，只是在表象的层面上推进。两人之间没有出现过有效的交流。就像打乒乓，隔着台桌和界网，唯一文学的乒乓飞来飞去：纸巾成了纸团（浸着泪）。

"我盯着那纸团发呆"。结尾一个比喻：纸团就像光滑的红木桌上盛开的一朵遗世独立的睡莲。

比喻的睡莲信手做了题目。仅一句比喻，还出现在结尾处。一篇微型小说的题目，犹如一个人的帽子或发型，妥帖了，就为人增色增亮。雷蒙德·卡佛的小说《大象》，也是将一句父亲比喻为大象的大象拎出为题。记得我当杂志的编辑时，也将一句比喻中的风筝移为题目。三篇不同作家的小说，文本都很沉重，但题目轻逸；文本也很写实，但题目虚得有诗意。文本和题目都没有直接的逻辑关系，其效果达到了重与轻的平衡。故事之重，得有题目之轻来平衡。小说写暗，要有亮；写重，要有轻。同时，也平衡了实与虚的关系。

纸团去拭泪，睡莲浮于水，泪和水，即泪水。纸团经由一个比喻化为睡莲，它静静地浮在命运的水池之上，也浮在微型小说这一池水上。我想，这也是微型小说创作的一个隐喻，紧扣纸团，又顺笔幻化为睡莲，似乎不相干，却用"小"升华了、照亮了"大"。只可意会不可言传的象征意味。现实中有生命中不能承受之重，我们的焦虑不也时常被不相干的微小事物所缓解吗？

附文

睡莲

〔丹麦〕安妮·凯瑟琳·博曼　著　万洁　译

我工作中最令人难过的事情之一就是和失去了亲近之人的病人谈话。每每遇上这样的情形，我都会感到无以复加的焦虑。死亡之事是无法开解的。面对悲恸的病人，我从来不知道该如何是好。

但是我执业近五十年了，总免不了碰上这类病人。有一天，来做咨询的安塞尔·亨利先生有史以来第一次迟到了。他患有强迫性神经症，按理说他不可能出错：他总是按时来，按时走，认真回答我向他提出的任何问题，穿剪裁合身、一尘不染的衣服，就好像是他那紧绷绷的身体的一部分。可今天却不一样。

"抱歉，医生。"他一边嘟囔，一边拖着步子走进办公室。晚了将近二十分钟的他摇摇晃晃地栽倒在沙发上。

"你可来了，先生，我还以为今天见不到你了呢。"我说着，心想安塞尔·亨利先生是不是生病了。他一副刚睡醒的样子，而且穿的是睡衣。很明显，他既没梳头，也没刮胡子。

这时，他竟然哭了起来。

"到底发生了什么事？"我问。他只是摇摇头，双手捂住脸，整个身体不可控制地抽搐着。我先看看他，再看看关着的办公室门，特别想叫苏拉格太太过来帮忙。她肯定知道该怎么做，眼下，他显然更需要女性安抚宽慰，而不是医生的临床分析。

我想我应该做点儿什么。于是，我站起来，从架子上的木盒子里抽了张纸巾。我清清喉咙，说道："先生，我看得出来，你现在非常痛苦。但是，如果你想让我帮你，你得告诉我发生了什么事。"

起初，我以为他不会回答，但我话音刚落，他就微微抬起了头。

"玛琳死了，"他哭得上气不接下气，趁着换气的间隙才挤出来这几个字，"她昨天死了。"

玛琳是安塞尔·亨利先生的妻子，是他在这个世界上唯一喜欢的人。他在其他所有人面前都表现得拘谨而高冷，但不知怎的，唯有她让他卸下了盔甲。

我的病人坐了起来，接过纸巾，擦干眼泪，使劲擤了下鼻涕，发出巨大的声响。然后，他眨眨眼，表情有点儿困惑，第一次正经八百地注视着我。我迎着他的目光，不知道该说些什么。他想让我怎么帮他？我放在膝盖上的双手就像一对不安分的小动物，左手抓着右手，使劲儿扭着。

"请节哀。"我说。

他点点头，但并没有把盯着我的目光移到别处。他能看出我的别扭吗？我不知所措的样子是不是特别明显？

"大家都知道，在极度悲伤的时候，人可能会倒退到早期阶段，"我开口说道，同时感觉自己的语速越来越快，"你可能会发现自己变得比平时易怒，或者对每天的生活失去兴趣，这些表现都很正常，你不必太担心，都会过去的。"我给了他一个微笑，但愿这个笑容能传达我的鼓励，"时间会治愈一切。"

安塞尔·亨利先生皱起眉头。我无法再承受他的目光，瞟了一眼我的笔记本，随手匆匆写下几个词。

"我太太要在三天后下葬，我唯一爱的人死了，"他的声音因为哭泣而显得格外浑浊、嘶哑，"你却告诉我一切都会过去？"

我立即感到口干得厉害，就好像舌头被裹进了一团糨糊里。

"我不是那个意思，"我硬着头皮解释，"对你失去爱人的事我感到特别难过，先生。"我就只能想出这么多话来。接着，我挥动着双臂说，"我有个建议，我们的心理咨询延后怎么样？等你心里好受些再说？"

他离开办公室时扔在桌子上的那团纸巾缓缓展开。

我盯着那纸团发呆，任凭时间一分一秒地流逝。不知道为什么，我就是无法回过神来。最后，纸团完全静止不动了，就像光滑的红木桌上盛开的一朵遗世独立的睡莲。我还是呆呆地坐在椅子上。

（选自北京联合出版公司《阿加特》）

魔幻刺绣：消失与复现，或死亡与复活

　　祖母刺绣，绣什么东西，什么东西就消失，现实的东西绣成图案后，就消失不在了。一棵老樱桃树，一只流浪的野狗，一座家人被投进的监狱，一只祖父宠爱的猫，一个稻草人等等。这就是乌克兰作家尤里·维尼楚克的小说集《冰冻时光之窗》中的首篇《祖母的刺绣》，祖母的魔法。说是祖母的魔法，却是魔幻小说，魔法小说与魔幻小说有区别。魔幻小说根基在现实，所以称为魔幻现实主义。魔法小说是脱离现实尽情飞翔，却又不落回现实。纳博科夫所说的小说家是魔法师，并非指法术层面上的奇幻小说。

　　我已领教过哥伦比亚作家马尔克斯的魔幻现实主义小说《百年孤独》，而尤里·维尼楚克的"魔幻"更为亲切。同为家族小说，可能刺绣跟过去中国南方女性的爱好有关吧？文化的相通会消除文学的隔阂。不同的地域文化生长出的文学魔幻各异，但都是文学奇葩，带来小说的可能性：小说还能那样写。以马尔克斯为代表的文学称为"拉丁美洲的文学爆炸"，以维尼楚克为代表的一批中青年写就的乌克兰文学被命名为"斯坦尼斯拉夫现象"。其本人被誉为后苏维埃时代乌克兰文学的果戈理。被贴的文学标签是：黑色幽默和荒诞派。我更看出的是魔幻色彩。

　　所谓亲切，跟我在塔克拉玛干沙漠的童年生活有关，那是神奇的土地，童年时，我混淆了现实与魔幻。这也是文学创作必须具备的把魔幻当成现实的能力。《祖母的刺绣》也是童年的视角，祖母"魔幻"的刺绣，在小男孩的眼里像平常的生活那样司空见惯，只不过好奇，好奇才能探寻其中的秘密。

第一人称达到了很好的文学效果：将魔幻降为平常，而不是传奇。这也是马尔克斯《百年孤独》的视角和基调：只好奇而不惊奇。作为小男孩的"我"，第一句就是："在我的记忆中，祖母总在刺绣。"祖母将老樱桃树绣成图案，原来完全干枯的树就不见了，用不着祖父动手了。

一系列"魔幻"（特异功能），作者不交代原因：怎么拥有这种魔法？如果交代，就坐实；不透露，就空灵。她自己还要用绣稻草人来让自己相信特异功能。可视为潜意识的意念。其实，"我"已看出"消失"的东西，均为衰败或恐怖之物。尤其是"监狱"，那么牢固、严森、强大的东西，祖母只是刺绣为图案（而且，她还坐在监狱外），竟然使之轻而易举地消失了，以小消大，以轻抵重。多么沉着、从容、自信的祖母。一个以作家的方式抗拒凶恶、黑暗、丑陋的祖母形象。

我曾写过千年沙埋王国系列，《大名鼎鼎的越狱犯》，他只要想象草原里的自由，立即能"越狱"，而祖母的刺绣那么小，更有力量。祖母仅仅是爱好刺绣，却引起得罪过她的邻居的反应：万一她一生气，把自己绣成图案怎么办？甚至邻居来道歉来忏悔。但是，祖母有底线（那是爱和善的本能），有原则："她从不绣人，也不绣太阳。不该绣的东西，她绝不会绣。"选择绣的对象的标准是：丑、恶、衰的东西。其刺绣已在调节人与人的关系：向善、向美。第一人称，也隐隐地存在一个"我"的心灵成长的故事。

不过，祖母"破戒"了一次。邻居的夫妻关系紧张，妻子求"我"的祖母绣其丈夫，因为"快被那个死鬼逼死了"。祖母最恨酒鬼，就绣了。祖母特意把他的腿绣歪了，像喝醉了。那个妻子又改主意了，祖母以为要拆绣歪之处。这个细节，显示了祖母的细致、讲究。

可是，那个妻子改变主意（恨与爱能说得清吗？），前来哀求拆掉整个图案：我丈夫没有那么糟糕。过后，其丈夫老毛病又犯，祖母吓唬他：再喝酒，就把你绣回去。

这一段夫妻冲突，借祖母的刺绣惩罚得到缓和，那魔幻，如同日常生活那样进行着，有趣的是丈夫被刺绣，却没有感觉：消失到复现，或说死亡到复活。祖母的刺绣，也是小说的新意。

这就是孙子记忆中的祖母："我"祖母的故事到这里就结束了。仿佛是个宣言。"因为她生前做的最后一件事是把自己绣成图案。"正如文本中大家由祖母想到了圣母：宽容、怜悯、慈悲。这就是小说的形象所要达到的精神境界——普通的情感。她用自己微弱的刺绣方式拯救了别人（更是灵魂），她所绣成自己的图案，不也完成了自身圣母般的形象吗？同时，孙子的回忆也复活了伟大的祖母。大写的人——普通的拯救者形象。

2015年，我受浙江对口援疆指挥部的邀请，去阿克苏采访。好些父辈是老兵的高中同学，还在那里守望，因为父辈葬在那里了。我的一位同学退休后要返回原籍，其父曾是我父亲的战友。一天，我陪他去祭父，返回时，过高速公路，他在路肩烧冥纸，点红烛，然后说：爸，现在通高速公路了，你方便了，我已给老家打了电话，老家的人会在村头迎接你。其实，他是让父亲的灵魂返回故里。怀念父亲——怎么爱已故的亲人？维尼楚克的《祖母的刺绣》，还有《豌豆汤》的方式很独特。后者是妻子对死去的丈夫的爱，其方式是时常做丈夫爱喝的豌豆汤。同样以童年的"我"的视角。过了夜，豌豆汤一滴不剩地被吃光了。放在窗台，还是夜晚，窗台就是阴阳之间交流的平台。"我"困惑不已，并不喜欢豌豆，但好奇转为效仿，喝叔叔喜欢的豌豆汤。叔叔以什么方式显示存在（不亮相）？

"我"突然发现汤底的莳萝叶，细小、多汁，跟人一样，像人的菜。"我"吃，它躲"我"。吃了，菜在嘴里拼命挣扎，乱蹦乱跳，舌头酥痒。接着一次，还听见奇怪生物的尖叫。小男孩与豌豆汤的关系，背后隐藏着叔叔，叔叔仅以莳萝叶的方式出现，符合乡村小孩的感觉。

莳萝叶顽强地生活着，暗示叔叔存在的方式，或说，他被怀念就标志活着。"我"效仿，也表达了对叔叔的爱。对小孩来说，不容易，因为不喜欢豌豆。结尾有意味：莳萝叶执着地选择在豌豆汤里生活，却始终不明白那并非久留之地。

是呀，做豌豆汤，要煮要熬，由童年的"我"的视角写出了那辈人的生存境遇。悲悯、暖爱，尽在其中。

不要花招，不玩噱头，让魔幻之根扎入现实的沃土，生长出鲜活的微型小说之花。

附文

祖母的刺绣

〔乌克兰〕尤里·维克楚克　著　杨靖　译

在我记忆中，祖母总在刺绣。

起初我对她绣的东西不太在意，直到有一次，我发现她把我家窗边的一棵樱桃树绣成图案后，那棵樱桃树竟然消失了。那是一棵老而干枯的樱桃树，有几次祖父想砍掉它，但不知什么原因没见他动手。可是现在，樱桃树不见了。

从那之后，我又陆续发现有一些其他东西也伴随着祖母的刺绣消失了。

比如说，那条曾经四处游荡的野狗。以前一到夜里，这条狗就狂吠不止，街坊邻居都在诅咒它，小孩出门得有人照看着。街坊们抓过它几次，但它跑得很快，还很狡猾，每次他们都空手而归。不过现在，大家已经有一周没见到那条野狗了。当然，它可能已经死了，也可能去了其他地方。直到有一天，在祖母绣的一只枕头上，我看到了野狗的图案。

那时候，我就全都明白了——任何东西，只要祖母把它绣下来，它就会马上消失。但祖母是有原则的，她从不绣人，也不绣太阳。不该绣的东西，她绝不会绣。

我忍不住把这个发现告诉祖父。祖父耸了耸肩，说："那又怎么样？这些我都知道。"

"为什么从没听你说起过？"

"好吧，我把我知道的都告诉你。"祖父看着我，脸上带着温暖的微笑，继续说道，"那时候战争刚结束，他们开始抓人。每天晚上，他们用马车把抓到的人运到西伯利亚。监狱里挤满了人。他们把没有受过训练、毫无准备的小伙子扔到前线去。上帝啊，真不知道死了多少人！你知道他们看加利西亚人的那种眼神，只要发现谁有一丝可疑的地方，就把谁投进监狱。我就是这么被抓的。你祖母不知道怎么化解悲痛，可怜地在监狱附近来回徘徊。一天晚上，她满怀悲伤，坐下来开始绣东西。监狱的模样在她脑中挥之不去，于是她开始绣监狱，绣四周的围墙，绣门卫和狗。关在监狱里的人怎么睡得着？我们躺在那里，满脑子想着心事。夜渐渐深了，牢房的墙壁突然消失了，监狱四周的石墙也不见了，周围的一切似乎都坍塌了——只剩下我们躺在一块空地中央。我们爬起来，拼命往各处跑——没错，监狱消失了，不过那些把我们关进来的人还在。我们只好躲起来。年轻一点儿的跑到树林里去，年纪大一点儿的躲进村子和农场。事情就是这样。一开始，我们并不知道监狱的消失和你祖母的刺绣有关，都以为是圣母显灵。可是过了一段时间，我发现我们的猫不见了。'汉努西娅，'我问你祖母，'马兹克去哪儿了，怎么找不到它了？'我看了一眼桌上放的刺绣，上面的图案正是我们的马兹克！我脑子里闪出一个念头。'汉努西娅，'我说，'可以把刺绣拆了吗？'她回答说：'你到底在想什么？我辛辛苦苦把它绣好，你居然要拆掉它？'嗨，你觉得我会听那个老顽固的话吗？我拿起剪刀，把刺绣拆了。当我拔出最后一根线的时候，我听到了'喵喵'的叫声！是马兹克！它饿极了，看到盘子里的食物，立刻扑了上去。'瞧，'我说，'汉努西娅，现在你真的遇上麻烦了！被你绣过的东西，都会马上消失。'她不相信，还嘲笑我。那好吧，我让她绣自家花园里的稻草人。你猜怎么着？她绣下来后，稻草人一眨眼就消失了！她总算相信自己有特异功能了。从那以后，她变得小心翼翼，不愿失去的东西不绣，不是故意想让它消失的东西也不绣。"

后来，除了我和祖父，邻居们也知道了这个秘密。嗯，我祖母的诅咒。他们开始回想以前有没有得罪过我祖母，万一她一生气，把他们绣成图案怎么办？其中有个邻居叫顿约，他想起曾经从我家鸡棚里偷过一只鸡，于是鼓起勇气找我祖母忏悔，同时还带来一只鹅作为补偿。祖母看他态度十分诚恳，便宽恕了他。

没想到第二天，布斯利太太跑来找我祖母要鹅，原来顿约送的那只鹅是她家的。但是有趣的是，后来那只鹅又被布斯利太太送回来了。她拿着鹅，对我祖母说："汉努西娅夫人，请收下这只鹅，我求你可怜可怜我，把我丈夫绣走吧。我快被那个酒鬼逼疯了。"

我祖母最恨酒鬼，她没有多加考虑就开始绣布斯利先生。一个星期还没过去，布斯利太太又带着一只鹅，跑我家来恳求我祖母把布斯利先生还给她。

"别来烦我了。"祖母摆手让她离开。

我母亲摸了摸那只鹅，说："我应该喂它吃什么呢？荞麦还是稻米？"

"我不会把图拆掉的。"祖母冷冷地说。

"喂它吃稻米吧。"父亲给出建议。

"上帝啊，"布斯利太太开始抽泣，"我现在成了什么？寡妇也不是，女仆也不是！"

"你看起来像寡妇。"祖父说。

"哦，谁来帮我拧住鹅脖子？"母亲问道。

"就算有一只鹅跑过来啄我屁股，我也不拆！"祖母发誓说。

"嗯，我真要动手了。"父亲扮了一个鬼脸，"我去拿刀，'咔咔'两下就解决了。"

父亲说话的时候，祖母拿出绣花布摊开放在桌上。

"不过送了一只公鹅，你的丈夫就变成刺绣了。瞧，我还特意把他的腿绣歪了，一眼就能看出他喝醉了。现在你想让我拆了它？"祖母说。

"刀在门厅那儿的楼梯下。"祖父说。

"如果用这只鹅做一道中国菜，肯定会让人吮指留香。"母亲强调说。

"我不喜欢中国菜。"父亲咬着牙说。

"我丈夫没那么糟糕，"布斯利太太哀号着，"有时候，他也会去打水，去店里买牛奶。"

"嗯，"祖母朝她挥了挥手，说，"你自己来吧，别蹲下来求我！"

于是布斯利太太把刺绣拆了。

第二天，布斯利先生喝得烂醉如泥。他让家里白白损失了两只鹅，布斯利太太简直被他气疯了。

祖母把头探出窗外，喊道："你这个中看不中用的家伙，再喝酒，我立刻就把你绣回去！大不了让你太太再送两只鹅！"布斯利先生张嘴想说什么，但想想还是不作声为妙。

我祖母的故事到这里就结束了。她生前做的最后一件事是把自己绣成图案。愿她在天国得到安息。

（选自东方出版社《冰冻时间之窗》，略有删节）

雪的意象：小女孩视角中的战争与和平

　　小孩眼中的雪是什么？谢志强念小学一年级时，每逢下雪了，就会跑出去，向天空张开双臂呼喊：下面粉了。他清楚是下雪了，只是希望下的是面粉，因为，他老是受饥饿的困扰。美国有一个小女孩，差不多也是这个年纪，下雪了，她惊叫：炸弹！炸弹！她为什么把雪花看成炸弹？这仅仅是她第一次看见下雪。

　　关于雪，我想起一系列小说。川端康成的《雪国》（以及以《雪》为题的微型小说）、海明威的《乞力马扎罗的雪》、乔伊斯的《死者》（结尾经典的雪）、卡尔维诺的《迷失在雪中的城市》、帕慕克的《雪》、马尔克斯的《雪地上的血迹》、卡夫卡的《城堡》（k深夜入村时的雪）、王蒙的《在伊犁》（浪漫的雪，当时他在草原为主的北疆，我在沙漠为主的南疆，两地的雪不一样）……我罗列关于雪的小说谱系，是表达一个想法，要摸清谱系，才能发现自己怎么写出独特性。这些均为成人写成人。且看儿童视角里如何表现雪。

　　这里想说的《雪》，是美国作家茱莉娅·阿尔瓦雷斯长篇小说《加西亚家的女孩不再带口音》中的一章。那是碎片化组成的长篇小说，每一章可独立。多视角讲述女孩的成长故事。被选入美国"21世纪新文学经典"二十一部之一，美国"全民阅读计划"的四本图书之一。是与《芒果街上的小屋》齐名的成长小说经典（我曾提取过此书《许愿》一章，以《作家要寻找自己的一间小屋》评析过）。

　　由"女孩不再带口音"，已传递出信息，女孩的视角，母语的口音，透露出小说要表现语言和身份的尴尬。这也是当代小说关注的敏感问题。多元文化的美国文学，当今有一个突出特点：身份的边缘转为文学的主流，而且，释放出被压抑的声音，多为女性作家。如此，墨西哥裔作家桑德拉·希斯内罗丝、古巴裔作家克里斯蒂娜·加西亚和多米尼加裔的茱莉娅·阿尔瓦雷斯，最有影响力的三位女作家都属于拉美裔。包括印度裔作家裘帕·希拉莉等。若延伸到少数民族，有印第安女作家路易斯·厄德里克……这种有意思的文学现象，给我造成"阴盛阳衰"的感觉。

当我们谈现实主义时，其实，关键的问题是处理人物命运与时代变化的关系。茱莉娅的《雪》就很好地融合、处理了这种关系。不妨将它当成微型小说。其实它具备了微型小说的所有特点，又突出表现了大与小的关系：大处着眼，小处着手。小女孩眼中的小雪花，包含了大事件。

大事件，也是《雪》的大背景：古巴导弹危机——核导弹。那是苏美冲突的一个焦点，差一点引发核冲突。那是冷战激化的标志，也是苏联解体的伏笔。核武器仅在第二次世界大战尾声，美国在日本投掷了一次，但是，其恐怖的阴影却持续笼罩着全世界。我也感受过核武器的"阴影"。"深挖洞"——在戈壁滩挖防空洞，就是防原子弹。我数次做过原子弹的梦，后来，我想：原子弹投到大戈壁，不是浪费了吗？《雪》表现了居住在美国的小姑娘约兰达对核导弹的恐惧，导致她把"下雪"当成投炸弹了。小女孩把核导弹与炸弹混淆了。那是她到纽约的第一年，也是她第一次见识雪。

《雪》开始的一段，作为唯一移民的小女孩的"我"被隔离开，坐在第一排特殊的座位上。身份的尴尬。与同学隔离，却与老师融合。

《雪》重点写了小女孩和老师的关系，带出并引入核导弹的大事件和雪花的小事件。幸亏孤立中有像外婆的佐薇修女这位老师。不经意地点出了雪——这个英语的新词（未见雪先知词，知名先于见物，只知概念的雪，轻轻地安放这个细节为伏笔），而且混在别的新词之中。作者写道："她缓慢而清晰地念出要我重复的新词：洗衣房、玉米片、地铁、雪。"

由若干生活中的英语词汇，扩展到报道的"大屠杀"，古巴的俄罗斯导弹，以及纽约的应对演习，电视上肯尼迪总统的担忧。茱莉娅就从容地由"新词"的学习转入了时局的危机，把"大事件"引入。然后，简洁地由语言转入行动：学校的防空演习。顺笔点出了小女孩幻觉中的核武器的影响：头发掉了，骨头变软了，家中还数念珠祈祷世界和平。新词又出现：核弹、放射性沉降物、防空洞。还有老师的板书，画了蘑菇。将新词形象化。

《雪》贴着小学生的视角，在"新词"上紧张推进。读者感到了战争与和平的纠结。——微型小说的空间开阔了。然而，一转：天气越来越冷。先写霜，再写雪——作者从容铺展着，时局转到气候，两者都冷，时局的雪落在心里，天气的雪，在小女孩的眼中，潜意识地叠在一起：炸弹！炸弹。随后，小女孩大哭——吓坏了。

老师——佐薇修女像个守护者。小女孩视角中，"她朝我冲过来的时候身上的黑袍像气球般鼓了起来"，一个鼓字，炼得多妙，表明了跑的速度和她身体的形状。然后安慰："亲爱的约兰达，那是雪花。"还笑着纠正，"下雪了。"

女教师也像纯洁的雪花，那是爱的化身。结尾博大：每一片雪花的形状都是独特的，如同每一个人都是不可替代的，都是美丽的。这也是师生之间的结晶。所有的叙述支持着如雪花般的这一句话。小说和人物都得以升华。

拉美裔的三位美国女作家有一个共同的特点：小说的诗性。我想，这也是女性作家独特的文学感觉吧？茱莉娅属于经验写作，其小说的素材来自自身经历。《雪》将冷与热、重与轻、导弹与雪花、战争与和平等大与小处理得如此妥帖，是小与大的经典范例。

佐薇修女这个教师的形象可谓爱的化身，温暖、慈爱。茱莉娅的《我的英语》，那非虚构自传，能够辨识出与其虚构小说的关联。其中，我发现了佐薇修女的原型。自传里，她的英语教师是伯纳黛修女——把粉笔断成两截，用力板书，写下简单句：下雪了。于是，茉莉娅开始想象雪，然后，"我在语言上着了陆……我走进了英语"。尤其是，伯纳黛修女训练其想象力，有独特的教学方法：让学生写下小故事，"想象自己是雪花、鸟儿、钢琴、人行道上的石子、天上的星星。把自己当成一朵植根于地下的花朵，会是什么感觉？倘若云会说话，它们会说什么？……假设，只要假设……我的心飞了起来……"

我感到颇有庄子梦蝶的境界——万物平等，天人合一。能见识茉莉娅小说中的假设，展开想象的翅膀，以假示真。

附文

雪

[美] 茉莉娅·阿尔瓦雷斯　著　林文静　译

在纽约的第一年，我们租了间小公寓，附近有一所天主教学校，由慈善机构的修女们执教。她们个个身材高大，长长的黑袍和修女帽让她们看起来很奇怪，像是正在服丧的洋娃娃。我很喜欢她们，特别是长得像外婆的四年级老师佐薇修女。她说我有个可爱的名字，还让我教全班同学怎么念这个名字：约——兰——达——我是班上唯一一个移民学生，于是被安排坐在窗边第一排一个特殊的座位上，跟其他小孩隔离开来，这样佐薇修女就可以单独辅导我而又不会影响其他同学。她缓慢而清晰地念出要我重复的新词：洗衣房、玉米片、地铁、雪。

不久我就学会了足够多的英语词汇，听懂了正在报道的大屠杀。佐薇修女解释正在古巴发生的事情，教室里的同学们个个睁大了眼睛。俄罗斯的导弹聚集起来，特意安排在纽约演习。家中电视上的肯尼迪总统看起来也很担忧，他解释说我们可能会打一仗。学校安排了防空演习：一阵不祥的铃声响起，我们排成纵队来到大厅，趴在地板上，用自己的大衣盖住脑袋，想象自己的头发掉了下来，胳膊的骨头都变软了。在家里，妈妈和我的姐妹们都数着念珠祈祷世界和平。我听到一些新的词汇：核弹、放射性沉降物、防空洞。佐薇修女解释这些事情将会如何发生。她在黑板上画了个蘑菇，用粉笔在上面点了无数小白点，说这些沉降物将会把我们全都杀死。

天气越来越冷，11月、12月。我早上起床时天还很黑，在上学路上呼出的气都结成了霜。一天早上，我坐在座位上正对着窗外做白日梦，这时天空飘下白点，就像佐薇修女先前画的一样——刚开始只是一点儿，后来越来越多。我惊叫起来："炸弹！炸弹！"佐薇修女猛地吓了一跳。她朝我冲过来的时候身上的黑袍像气球般鼓了起来。一些女孩开始大哭。

但是接着佐薇修女震惊的表情消失了。"什么呀，亲爱的约兰达，那是雪花！"她笑了起来，"下雪了。"

"下雪。"我重复着，小心翼翼地朝窗外看去。这就是我一直听说的冬天会从美国的天空落下的白色水晶啊。我在位子上注视着白色的粉状物飘在人行道上，落在停着的汽车上。佐薇修女说过，每一片雪花的形状都是独特的，如同每一个人都是不可替代的，都是美丽的。

（选自译林出版社《加西亚家的女孩不再带口音》）

大海的召唤：梦想与现实的人生哲理

这个花季少女，有一天起了一个念头，仿佛大海的召唤，于是，她立即踏上寻找加勒比海的旅程，为了留在大海，她以身相许，成了老渔夫的女人。向往并热爱大海，以这种方式，在世俗的价值观念里，我们可能会质疑：太轻率，值得吗？

但是，小说要表现的精神价值恰恰与世俗的流行价值相悖，这正是小说存在的价值。

一个念头，竟然覆盖了花季少女的一生。《大海的召唤》写了主人公纳塔利亚·爱斯帕塔姨妈一生的命运。我在中外小说里，见识过一个吻，一句话，一个动作，一次巧遇决定了一个人一生的命运，一瞬与一生，其中包含着偶然与必然、梦想与现实、希望与结果的关系，表现人类境遇和人生哲理。

我在《向经典深度致敬》中，以《细节的能量：塑造蓬勃的姨妈群像》一文分析了墨西哥女作家安赫莱斯·玛斯特尔塔的《大眼睛的女人》。安赫莱斯是"拉美后爆炸文学"——新一代作家的领军人物，被誉为"穿裙子的马尔克斯"。 马尔克斯是"拉美爆炸文学"的代表作家，为何拉美文学能持续"爆炸"，其中的内在生机值得思考。

《大海的召唤》为《大眼睛的女人》书中之一章（篇），图书版权页标明为短篇小说集，我认为其实是系列微型小说集，塑造了三十九个"大眼睛"姨妈的形象。文本呈现方式为明显的长篇小说，又由最后一章（篇）为整部作品的支撑点。每一篇一个姨妈，仿佛留给读者一个参与的机会，整部书没有小标题。可以读一篇起一个题目。这增加了我阅读的乐趣，也成了阅读中的自我训练。阅读对作家而言，是一种训练：起一个贴切的题目。而且，每次阅读都会有发现：我记起了向往大海的姨妈。三十九个姨妈犹如涓涓小河，汇成一条波澜不惊的女人河，最后流入滔滔大海。

我们每天都会有稍纵即逝的诸多念头。可是，纳塔利亚姨妈相当执着。有一天，起念头，她竟然立刻行动，弱小的姨妈被强大的海洋所召唤。她还"不确切地知道这个刻不容缓的念头起于何时"，人物不知，读者可知：是从她的叔叔那里知道的大海——大海能够包容一切。

其实，还有深层次的原因：一个世纪以前，她的祖先由大海上岸落户这片土地——把历史拉入：从哪里来？到哪里去？我是谁？

纳塔利亚不就曾是"大海的女儿"吗？后来她浸身大海，抚摸双腿，她发现双腿还没有变成美人鱼的尾巴——这种互文性一出现，不也透露出她小时候听过美人鱼的童话吗？

花季少女的一个念头，就像现实的花园长出了魔幻的玫瑰。现实生活中，她被管教被训练出"大眼睛的女人"该有的能力：绣桌布、弹钢琴，安安稳稳地过日子、顺顺利利地嫁人，这是那片土地的常规。可是，她受够了，以前往大海的行动，温和地反抗。我看出她自我意识的觉醒，同时，又是我行我素的执拗——小说不就偏爱一根筋的人物吗？她执着她就鲜活。以嫁给老渔夫的方式表现出她爱大海。

我生活的城市也是"面向大海"。记得1982年从新疆调回浙江，第一次见大海，我想：大海就是流动的沙漠，沙漠是凝固的大海。我一位朋友身在海边，却向往内陆。有一天，他散步到火车站，一个念头冒出了，就爬上火车，其妻打电话，晚饭已烧好。他说：你们不要等我。其妻听见电话里火车行进的背景声音。他预先没说起要出去呀。于是，中途，他又补票，竟然到达了西安，预先还不明确目的地，是脚踩西瓜皮，滑到哪里算哪里的那种行动，住了一夜，归来，上班不透露到西安干什么，又回到常规的事务中。我佩服他凭空而出的一个念头便付诸行动，我相信，那一念而起的行动，给他的生活带来了乐趣，给生活平添了一点奇妙的秘密。那是对模式化的庸常生活的一次挣脱。我由向往大海的姨妈，立刻想到了这位朋友。纳塔利亚在大海究竟生活得怎样？作家省略了，留白了，别人不知，读者也不知。重要的是，在现实和梦想的关系上，她实践了梦想。

我们常常在乎结果，但是，纳塔利亚追求过程。所谓活着，不就是个生命的过程吗？那个大海，不也代表着花季少女的憧憬吗？也是一种觉醒，做了一回自己。由此改变了她的人生：专心学习绘画，蔚蓝色的主调，大海赠予的色彩，使她蜚声巴黎和纽约——她待在自己的宿命之地，已成老妇人，以绘画方式回应了大海的召唤。我看到了她生命价值观的升华。

《大眼睛的女人》，大眼睛是墨西哥女性的相貌特征，她们都很执着，追求自己的追求，有谜，有问。一根筋式的人物——纳塔利亚姨妈，是个"没完没了"擅于提问的女人，她并不落入现实交易的套路，而是向往大海的同时，途中不断向陌生人提问并自己想象大海，扑入大海的怀抱，她为何哭泣？是愿望的达成？还是艰辛的付出？作者留给读者多处情感的模糊地带，这不正是微型小说应当保留的吗？

我认同毕飞宇"阅读是小说的儿子"的说法。我曾将《大眼睛的女人》推荐给彭素虹（她以前写散文），竟然由一部书引出一部作品，她受了启发，写了一部系列微型小说《花镇红颜》。初稿，她也写了一群姨妈。我问：墨西哥，一个家族有"一群姨妈"，中国国情会有繁荣的姨妈吗？这是一个模仿技术的问题，改起来方便。不过，现在业余作者都很忙，不能博览群书，实用主义也不妨，找到一本对胃口的书，一本书可能激发出另一本书。

我还想，微型小说是在经验的基础上展开想象，我的主要经验应是沙漠。回到浙江几十年，我还不敢正面写大海，同样的海难，雨果写过微型小说，我只能换个角度，扬长避短，写《陆地上的船长》表示敬畏和敬意。

关于现实与梦想的关系，有托马斯·沃尔夫的微型小说《远与近》，有乔伊斯的短篇小说集《都柏林人》（其中一篇写小男孩），有弗吉尼亚·伍尔芙的长篇小说《到灯塔去》等等，可以欣赏以不同的小说体裁表现同一个主题，而且，可以领略男女作家的不同视角的独特发现。这一类小说，往往会写出失望——希望泡沫的破灭，于是，落入套路。安赫莱斯省略了失望，却在初级的梦想中生发出高级的梦想，由冲动转为成熟，上升而不是下坠，达成了女性的自我完善。安赫莱斯写了一群女人。换个视角，男人写了一群女人，不妨读一读意大利作家安德雷阿·卡米雷利的长篇小说《女人》，也写了三十九位女人，甚至将主人公阅读过的小说中的女人也引进，把小说中的女人当成自己喜欢的女人。我将其视为微型小说集。

微型小说与长篇小说，我想，能不能像写微型小说那样写长篇？即使规模大，也要写好每一章，潜台词为：系列微型小说构成长篇小说。能不能像写长篇小说那样写微型小说？即使篇幅小，也要有大格局。潜台词为：系列微型小说，也要有一个大意象串珠为链。那么，微型小说的疆域比通常划定的要丰富、辽阔得多。

2010年12月6日，我读毕《大眼睛的女人》，将玛斯特尔塔的小说与汪曾祺的小说比较，均为微型小说规模，重要的是，两个人的表达方式均有笔记体小说的风格，国别不同，背靠背，不约而同，竟然采取了相似的表达方式，尽管国外没有笔记体小说的说法，但是这种笔记体的方式和表现的内容格外妥帖。不妨再延伸阅读《大眼睛的女人》，其中的《骨灰》，主人公对待闺密的骨灰（细节）的方式；《领带》中，以领带的细节表现男女的爱情，结尾微妙；《有很多很多幻想的莫妮卡姨妈》，幻想与食物，也是精神和物质的关系上，她试图以食物抵消幻觉的做法，尤为纯朴、可爱。再次提醒，题目是我所起，阅读时读者不妨也起题目，是乐趣，也是训练。

大海的召唤

[墨西哥] 安赫莱斯·玛斯特尔塔 著 詹玲 译

一天，纳塔利亚·埃斯帕萨，这个双腿短小、乳房浑圆的女人爱上了大海，迫不及待地想要去认识那遥远而神奇的海洋。她并不确切地知道这个刻不容缓的念头起于何时，可它如此强烈，以至于她必须丢下钢琴课不上，立即踏上寻找加勒比海的旅程。一个世纪以前，她的祖先正是从那里上岸来到这片土地的。那片汪洋如今正夜以继日地召唤着她。

大海的召唤如此强大，就连她母亲也没能说服她多等半个小时再起程。母亲一再请求她克制住疯狂的冲动，至少等到杏儿熟了能做杏仁糖，至少等到绣完她姐姐的嫁妆（一张带有樱桃图案的桌布），至少等到她父亲明白她固执地要求立即远行的念头既不是什么见不得人的勾当，也不是因为无所事事，更不是脑袋出了什么毛病。可所有的劝阻都无济于事。

纳塔利亚姨妈是看着火山长大的，每一个晨昏她都仔细地观察它们。她永远都会记得"沉睡中的女人"起伏的胸膛和波波卡特佩特火山陡峭的山脊（注：是指墨西哥著名的火山，相传有一对年轻男女相爱私奔，中途休息时女人变成山脉，山形如其身躯，守在一旁的男子也化为高山）。

纳塔利亚一直生活在阴冷幽暗的天空之下，喜欢用文火煮甜食，用深色的酱汁做肉。她用带图案的盘子吃饭，用高脚玻璃杯喝酒。她一连几个小时坐着看雨，听母亲祈祷，听祖父讲龙和长翅膀的马的故事。但是一天，几个来自坎佩切的叔叔跨进了她家，他们正在赶往一个被色彩纷呈的大海包围的城寨。那时她正吃着午后甜点——面包和巧克力。那天下午她知道了海。

七种蓝，三种绿，一种金黄，大海能够包容一切。黑压压的乌云之下，大海宛如一只镶嵌在大地里、无人能够移走的银盘。每当沉沉的黑夜降临，人们只能小心沉着地驾驭着船只，颠簸在它的怀抱。海上的清晨如同水晶般的梦，而灿烂的正午时光宛若人们心中的渴望。

甚至，纳塔利亚想，就连住在海边的人也一定不同于别的地方的人。从那个星期四的午后茶点时光过后，她就不停地在心里想象临海而居的人们，他们不会是工厂主、卖米的商贩、磨坊主或庄园主，不会是任何一种能安于一辈子"沉睡的女人"和波波卡特佩特那般稳稳过日子的人。叔叔们和父亲讲了许多有关古今海盗的故事，还讲到了她母亲的祖父——堂洛伦索·帕蒂略，母亲说他是一路驾着自己的双桅帆船抵达坎佩切的，男人们听了都很敬佩。他们乐此不疲地讲述太阳和微风是如何造就生满老茧的双手与奇妙强壮的身躯。终于，纳塔利亚觉得自己已经受够了绣桌布和弹钢琴，以至于毫不后悔地离开了家。

纳塔利亚不知道路在何方，只知道自己想去看海。经过漫长的旅行到达梅里达后，她在那里的市场上认识了两个渔夫，在抵达大海之前，她不知道还需经历多少艰辛的长途跋涉，她需要他们的帮助。

那是一个年老的渔夫和一个年轻的渔夫。年老的那个十分健谈；年轻的那个则思虑周全，认为他们要干的事太过愚蠢：带着这么一个爱问问题的标致小妞，他们要怎么回到奥尔博克斯呢？可他们又怎能丢下她？

"你也喜欢她，"老渔夫对小伙子说，"她不过是想去看海，你没看出来她有多想吗？"

纳塔利亚姨妈在市场的鱼摊旁坐了整整一个上午，看着男人们一个接一个地到来，他们拿着那些很有可能是从海里捕来的玩意儿交换别的东西，有些白嫩带骨，另一些则娇滑无骨，总之是各种稀奇古怪的生物，就和她想象中的大海那样美丽，也仿佛都散发着海的腥气。纳塔利亚长久地注视着那些人的肩膀和走路的姿态，尤其注意到一个拒绝把蜗牛白送给人的愤慨的声音。

"得公平交易，要不我不卖了！"那个男人说。

纳塔利亚姨妈双眼在他身后一扫而过。

赶路的第一天他们没有歇脚，纳塔利亚没完没了地问这问那：海边的沙滩是不是真的像白砂糖那么白？炎热的夏夜是否如同烈酒？有时候纳塔利亚坐下来揉脚，他们乘机把她甩在后头。于是，纳塔利亚赶紧穿上鞋，拔腿便追，嘴里反复念叨着从老渔夫那里听来的咒骂之词。

第二天下午，他们到了海边。纳塔利亚姨妈无法相信眼前的一切。在最后一点儿气力的推动下，她扑进了海的怀抱，置身于苦涩的海水中，淌下了咸咸的泪。她的双脚、膝盖、肌肉都异常酸痛，肩膀和脸颊被烈日暴晒着。她的渴望，她的灵魂，她的头发都仿佛在隐隐作痛。她为何哭泣？浸身于大海不是她唯一的渴求吗？

天色渐暗。纳塔利亚独自待在无边无际的海滩上抚摸双腿——它们还没变成美人鱼的尾巴。空气中渗出寒意，她任由海浪将她推到岸边，然后，她沿着沙滩漫步，不时驱赶几只咬她胳膊的小蚊虫。不远处，老渔夫目光迷离地注视着她。

纳塔利亚穿着湿漉漉的衣服躺在了白色的沙床上，她感到老渔夫凑近了，并把手指伸进了她纠缠成团的头发。他对纳塔利亚说，要是想留下来，就必须跟他好，因为其他人都已经有了自己的女人。

"好，我留下来和您在一起。"纳塔利亚说着睡去。

谁也不知道纳塔利亚姨妈在奥尔博克斯生活得怎么样。六个月之后，她回到了普埃布拉，人几乎老了十岁，自称是乌克·扬的遗孀。

如今的纳塔利亚，皮肤黝黑，满脸皱纹，双手也结了老茧，可对生活却怀抱着奇怪的信心。她从未结婚，也从不渴想男人。她专心学习绘画，画上的蔚蓝色最终使她蜚声巴黎和纽约。然而她一直住在普埃布拉。

只是有些下午，纳塔利亚凝望着火山，迷失在看海的梦中。

"一个人只能待在自己的宿命之地。"她说着，同时用一双老妇人的手作着画，眼中闪烁着稚童般的神采，"因为哪怕你不愿意，人们也会把你从别处送回来。"

（选自南海出版社《大眼睛的女人》）

并置的运用：如何融合为诗性的意象

哥哥在车祸中痛苦地失去一条胳膊，妹妹送一只让他高兴的宠物鸟，《魔术师》开头就将断臂、小鸟这两个不相干的东西并置，继而融合为一个空灵的意象。这就是微型小说的魔法。

小鸟会让哥哥高兴吗？这只是妹妹一厢情愿的希望。因为，哥哥讨厌鸟。一个关于拯救或解脱的故事。

兄妹之间还有一系列的对立：哥哥是个酗酒的运动员，而妹妹喜欢化学和纺织；哥哥总和漂亮的女孩子在一起，而妹妹不漂亮；哥哥说"你的面孔让我想起家"，而哥哥的朋友们"可不想要家的感觉"，他们寻求刺激，而妹妹一点也不让人觉得刺激。兄妹就是这样活在对立的状态里。很不同，少见面，尽管上同一所大学，住同一层公寓楼。

可是，车祸让哥哥失去了一条胳膊，终于使兄妹频繁相处——妹妹照料哥哥，送小鸟让哥哥高兴。没正面写哥哥的情绪低落，但是，他对小鸟的态度已表露出来了。以鸟写人。

兄妹的关系，集中表现在断臂和小鸟——人物各自的代表。阿丽莎·纳汀表达的妙处在于：小处着手，由隔膜到融合。注意那个鸟笼的细节，哥哥的心里关闭，鸟儿也关在笼中。怎么打开？对人物和小说同等重要。

读者已知，《魔术师》是采用第一人称妹妹的叙述视角。车祸后关心照顾哥哥，却转而写一只鸟。房间里太冷，也是哥哥心冷。

"我"打开加热器。不写人物，转而写"我"的毛衣（呼应喜欢纺织），由毛衣转向断臂，哥哥说"你应该给我织个假手"。哥哥的思维定势执着于断臂。鸟儿、毛衣，都转移不了他的情绪。双方笑了。那个笑很空，就像断口。小说在不明确、不明朗的"灰色"情绪里展开。

继续沿着"空"推进：胳膊的断面。妹妹进一步转移哥哥的视线，说鸟儿的颜色多漂亮。这么说，内心并不像语气一样肯定，这也是纠结之处：肯定和否定相悖。而哥哥不说你会照顾我吗，而是说"你会照顾它吗？"，也是妹妹的担心之处，之前提醒过哥哥："别弄死它。"其实，她看出哥哥的心已死。冷漠不也是一种心死吗？

兄妹之间的情绪在断口、鸟儿、棉纱的细节中穿流，属于内在的心理暗流，物件和行为的细节表现出心理危机。妹妹触摸哥哥胳膊末端的棉纱，"这是你，和以前不同，但依然是你"，具有启示性，让哥哥认识到车祸后的自己。

进而，握住上臂，紧靠断口，"像是在聆听我的心跳"。接触哥哥的上臂的断口，其实就是接触哥哥，部分也是整体。情绪由行动反映出来。怎么对待断口那个"空"？

开头，不相干的两个东西并置，两个东西融合为一个飞的意象：毛巾覆盖的鸟笼，毛巾落下，断口的棉纱移动，一只小鸟从里面飞出来。"我"想象连续的飞，更大的"空"，也是回归。断臂转化为小鸟的形象，沉重转为轻逸。

第一人称的"我"就是这样"想象这一切不过是个戏法"。那个断臂和小鸟重叠（也是融合）的意象，不也是作家的"魔术"吗？妹妹是拯救哥哥心灵危机的魔术师。

写什么？怎么写？是小说创作的基本问题。也是争论最多的文学问题。我常见走极端，一边倒。一段时期注重怎么写，另一端时期关注写什么？其实，两个方面都"融合"一起，而不是"并置"。形式和内容不可分割。就如同《魔术师》里的断臂和小鸟，融合为一个象征意味的意象飞起来。否则怎么飞？写什么和怎么写像小鸟的双翼。

美国作家阿丽莎·纳汀，是80后女作家。我读她的小说集《脏工作》，有个疑问，80后写什么？怎么写？2016年底，我读毕，顺笔写下：这是一部奇妙的小说集。其中微型小说的题目就奇妙：《蚁族寄居地》（现代版的《变形记》）、《吸尸烟者》、《养猫人》、《化冰人》、《酒徒》、《魔术师》等。

我认为，她的写什么和怎么写，与童年有关。她将《脏工作》献给很多人，有几个童年的伙伴，其中"献给北贝基·赫克托，我们从童年起一同创造了那么多比现实更美好的魔幻世界"，还"献给我所有亲爱的人类和动物朋友们，我爱你们"。

这一下，可以理解《魔术师》中的小鸟了吧？小鸟也是重要的"人物"，是妹妹爱的使者。人与鸟平等。而且，这个80后作家来了个小说的魔术，使小说得以升华——以轻的意象飞起来。《脏工作》里，有多处并置，经作家的"魔术"，融合为诗性的意象。我想起卡夫卡小说里也有许多并置，构成了荒诞意象。阿丽莎·纳汀以《蚁族寄居地》，向卡夫卡的《变形记》致敬。卡夫卡日记有一句："我去海滩。世界大战爆发。"将个人的洗澡与世界大战并置，形成有意味的隔离。这种并置的手法，到了阿丽莎的小说里，已注入了女性特有的诗意。

当代美国作家，许多都是大学创意写作的学生或教师。写作可以教，已是不争的事实。阿丽莎·纳汀现执教约翰卡罗尔大学创意写作。《脏工作》获创意小说奖。创意就是在小说的谱系中创造出新意。有一点新意就够了。

魔术师

[美] 阿丽莎·纳汀 著　　康康 译

我哥哥凯斯在车祸中失去一条胳膊后，我送了一只宠物鸟给他做伴，它鲜艳的颜色也许会让他好过些。我们上同一所大学，住在公寓楼的同一层，但我们很不相同，车祸前也很少见面。凯斯是个酗酒的运动员，而我喜欢化学和纺织。

凯斯和他的朋友们总是跟漂亮女孩在一起。我不漂亮，虽然有次他曾对我说："吉恩，你很美，但不是引人注意的那种。你的美让人舒服，你的面孔让我想起家。"但他的朋友们可不想要家的感觉，他们寻求的是刺激，而我一点儿也不让人觉得刺激。

我把鸟拿到凯斯的公寓里。房间里黑漆漆的，鸟都不叫了。"还没到晚上呢。"我对鸟说，但它不相信我，依然保持沉默。"我带给你一只鸟，它会让你高兴些。"我对凯斯说，但他也沉默，不相信我。凯斯的客厅与日晷正相反——在这里，阴影的移动显示出时间的静止。

车祸后，每次我去凯斯那里时都感到自己的心在呼吸而肺在跳动。一切都乱了套。我呼吸的脉动将白色薄雾散播在空气中。这房间对于一只鸟来说太冷了。

我打开加热器，它发出明显的噪声，像是有生命在回复。我把鸟笼放在一边，盖上毛巾。"你想玩的时候它就在这下面。"我说，"别弄死它。"

凯斯盯着我，我意识到他是在看我的毛衣。"我织的。"我说。

他停顿了一秒，笑了笑。"你应该给我织个臂套，遮住我原来有手的地方。"看到我的不自在，他又笑了，"你应该给我织个假手。"我也想笑。但在凯斯身边，"笑"像一个外国名词，我已经忘了它的意思，想用又怕冒犯别人。

凯斯挠了挠原本是他小臂的空气。我们长久地望着虚空。我突然有种感觉，如果我能让自己摸一摸他胳膊的断面，一切就都会变好。我在他身边坐下，但他又把大臂搁在腿上。

"我讨厌鸟。"他咕哝着。

"它颜色多漂亮。"我的内心并不像语气一样肯定，"我能在我房间里听到它的声音，这样我们就算分享它了。"

"你会照顾它吗？"凯斯问。

"一段时间吧。"我说。

他的胳膊末端是一团棉纱，触感一定像洋娃娃的柔软肚皮。我想触摸它，然后告诉哥哥：这是你，和以前不同，但依然是你。

我们靠着坐下，阴影加深，而时间并未流动。终于，我握住他的上臂，它的胳膊断口紧靠着我，像是在聆听我的心跳。更多的阴影过去，我细声细语地说："我现在要碰它喽。"我摸到了，那柔软、静止的东西。我想要逃跑，胃里整个扭曲。我看着房间另一头，那里有一只毛巾覆盖的鸟笼，我想象着这一切不过是个戏法，毛巾会落下，笼子里装着哥哥的手和小臂。他胳膊上的棉纱会不停移动，直到一只小鸟从里面飞出来，飞进走廊，飞过我的公寓，去到那遥远的、破灭幻象尽数回归的地方。

（选自中信出版集团《脏工作》）

铺垫与结局：表现日常生活中的恐怖

每个作家会有也该有一套自己的小说方法。比如，海明威的冰山理论，卡佛的细节观念。作家的小说方法，有一个突出的特点，就是可操作性。分析作家的理论与实践很有意思，它是解开小说秘密的钥匙：看一个作家怎么将理论落实在作品中，这是专业阅读必须要做的功课。

我认同日本作家阿刀田高的一句话：微型小说是有礼貌的文体。我假设，一个人滔滔不绝、废话连篇，居高临下，偏偏那些话听者没兴趣、不耐烦，且耽误时间，那就是没礼貌。微型小说尊重读者，长话短说，而且，言简意赅，这就是有礼貌吧？其中包含着平等、尊重意识。所以，阿刀田高钟情于微型小说。甚至，受了诱惑，想将某些微型小说扩充为短篇小说，却没有付诸行动。他说："微型小说还是让它以微型小说的形式存在下去。"可见，他尊重读者的同时，还尊重微型小说的独立品格。

阿刀田高的小说方法或观点，有两点值得关注（尽可能原汁原味地引用原话）。第一，他的小说有恐怖惊悚、奇谈异闻、黑色幽默等"异色"。但是，他说："我有一种能力，能把生活中发生的小事件变成小说。"还说："你要是在日常生活中碰到可怕的事情并把它写下来，那才是真正的恐怖……我偏爱描写日常生活中的恐怖经历，它更真实，也更可怕。"其作品多与日常生活息息相关。日常生活难写，发现其中的特异之处更难。关键词：日常、恐怖。即将平常和异常融为一体。

第二，他的小说构思方法，就像《菊香》中的叔叔教小孩制作菊花木偶。他坦率地说："我的小说在结局到来之前是很普通的小说，但结局往往出人意料，这是我努力想写的结果。我的写作习惯是先设计小说的结尾，然后按照结尾去铺陈情节，我是用倒推的方式来写作的。"

显而易见，阿刀田高属于欧·亨利、星新一那一路（他曾因星新一称赞他的一篇小说而窃喜，认为遇上知音），注重情节铺垫和意外结尾。这一路的特点是全知全能的俯视，尽管结局意外，但尽在作家的掌握之中，很有设计感（或操纵感）。阿刀田高的铺垫特点，是在日常生活中进行。关键词：铺垫、结局。即先铺后抖，或说，一切都为结局的意外服务。

《菊香》为小说集《黑色回廊》中一篇，有恐怖或惊悚的"异色"。城市小说有多种表现方式，阿刀田高呈现日常城市生活中的恐怖。他将恐怖归结为想象力的问题。

还是让阿刀田高解释恐怖。他说："人类文明发展的道路上，经常会遭遇未知的事物、不可思议的事物、无法预测的事物，因而觉得不安，感到恐怖……什么东西恐怖？又是如何恐怖？从事物的性质上无法解释清楚的个案很多，正因为未来的不可知，所以才觉得可怕。"恐怖是对不可知、难以预料的反应。这不正是我们的感觉吗？小说要写人们有感觉但说不清楚的那种情绪。阿刀田高做到了。

我和盘托出了阿刀田高的小说方法，就以《菊香》为例，观察他怎么将理论落实到创作中：先铺后抖。在日常生活中铺垫，再由恐怖中抖出意外。其设计颇为精细、周密。注意，用的是第二人称：你。仿佛是作家扛了个摄像机，追踪拍摄，"你"的一切言行，尽在视野中，其中，不也包含着作家的怜悯吗？

开头点明"你"七岁，放学归家，结局抖出包袱："你已经没有爸爸了"。阿刀田高已设计了这个结局（其实，提前说了更妥帖，可作家偏要藏着掖着），读罢，我发现，真正的意外或恐怖是菊花。这里，我的小说观念和阿刀田高就有了差异，我会在前边顺笔交代出来（带出遗像或遗物的细节，还会让"你"说：我去接妈妈了），使"你"找妈妈就有了因果逻辑，孤独了才会找妈妈。读者参与方式是：我会怎么写？此为自我训练的一种方法。

先看铺垫，在日常生活中铺垫、渲染。1. 在家玩各种手工模型，为叔叔的菊花人偶铺垫；2. 受邻居孩子的欺负，给与大人相处做铺垫；3. 游乐园的菊香让她想起童话中的动物墓地，给菊花丛中消失的脸做铺垫；4. 以前是游乐园的鬼屋现为临时工棚，给搭建菊花人偶的叔叔出场铺垫；5. 菊花缀成的和服，引出日本童话，为后边的菊花幻影做铺垫。其中，三处引入童话元素，与孩子的特点配套，模糊了现实与童话的界限，于是，菊花丛中，叔叔那张苍白的脸的消失，幻化为爸爸笑着的脸。菊花的香气唤醒了小女孩久远的关于爸爸的记忆：苍白的脸。

我读出了这个七岁小女孩的心结：爸爸活在她记忆中。一个小女孩在今晚已关闭、明天要展菊花人偶的游乐园中孤独而又盲目地穿行，仿佛她在寻找什么？那个搭建菊花人偶的叔叔无意之中替代了爸爸——小女孩的幻觉中置换了两个人。日常生活中的恐怖就在此出现。这个高潮式的意外，消解了结尾。

菊香中的幻觉，体现了阿刀田高的文学想象力，而不是结尾的交代。结尾显得生硬。

与开始在家玩手工模型相呼应，是游乐园中，叔叔教小女孩搭建菊花人偶。大人为了生计，小孩为了游戏。高潮出现前，那一段叔叔教授小女孩搭人偶，表面看是技术性的过程（作家也顺笔扣着小女孩铺一句：在她爸爸的帮助下才完成的超级棒的模型船），却达成了文学功能：一是把叔叔写得像她爸爸那样，耐心细致地教导；二是教的过程中，消解了恐怖，转化为手工劳作之美。然而，小女孩的心里潜留着恐怖并追问：这个世界有鬼吗？

因为，死去的爸爸的脸出现在菊花丛中了。要是我写，只写菊花丛中的"那张苍白的脸"，而不把鬼拉入（那样写，太实，把已"升"上去的意象又"降"下来了，就不空灵了）。阅读中，我时常与作家发生观念的冲撞，这不正是我和阿刀田高的差异吗？我会放手让小女孩朝着"菊香"的意象走，看见诗意的幻觉，此为小说最有想象力的意外。这一点，我想到爱丽丝·门罗《逃离》中意外闯入小说的那只白山羊（这是作家的幸运），我发现门罗返回做过铺垫的痕迹。不同之处在于，门罗预先没料到白山羊的闯入。高级细节的刻意设计和意外冒出，表现了阿刀田高和门罗的小说方法的差异。文无定法，两套方法都好使。

最后揭晓，阿刀田高为何写《菊香》。他说："读了雷·道格拉斯·布莱伯利的微型小说《夜》，被深深地吸引住了。我也要写一篇这样的作品。抱着这个念头，我开始模仿，和原作一样，使用了第二人称，以小女孩为主人公。"不一样的是，菊花人偶对他而言，那是一种美丽，也是一种恐怖。他写出了独特性。幸亏题目"菊香"指示了核心细节。

模仿的另一个说法是借鉴。毕飞宇说得有道理：创作是阅读的儿子。我想应当改为孩子。儿子、女儿都一样，不重男轻女嘛。

附文

菊香

[日] 阿刀田高　著　　叶娉　译

你正在读小学一年级，马上就要七岁了。

你家住一幢木结构公寓的二楼，妈妈总是不在，她是东町游乐园的检票员。

放学后，你打开房门，回到空无一人的家中，吃几口点心，喝一瓶酸奶，然后便望向那台钟面上画满漫画的座钟。还要等上好长一段时间，分针与时针才会笔直地竖成一条直线。

你取出塑料模型飞机套装把玩——手工是你一大爱好，不过，要做好它可不是一件容易的事，你常常以失败告终。

突然，窗下传来孩子们的声音，你急忙跑出房间。雅子和美佐是你的好朋友，而真子却老是欺负你。

但是，五点一过，大家都回家了。你再一次回到寂静无声的房间，默默地看着电视。

当、当、当、当、当、当。

座钟响了六下，你迫不及待地离开家，一路小跑穿过热闹的街市，在一家专门卖宠物蛇的店前看了一会儿橱窗。接着转过下一条大街，越过一座立交桥的道口，游乐园的后门已然在望。秋日的斜阳瞬间隐没在西天，刚才还拖在你身后的长长的影子现在也不知遁往何处去了。浅墨色的天空下，只有霓虹灯塔的亮光渐渐幻化为闪耀的光芒。

"嗨，阿广，又来接你妈妈了？"

熟识的阿姨一边摸着你的脑袋，一边打开栅栏。

游乐园下午五点半闭园，所以园中已看不见游客的踪影。马车、电车、火箭都盖上了灰色的罩布，悄然无声地蹲踞在各处。

菊花的香气、夜的帷幕、风的静寂，你忽然想起不知何时在某个童话故事中听说过的动物墓地。菊花散发的是亡人的气息，而这黑暗的夜晚是亡人的国度，那无声无息的阴风则是亡人的呼声……一阵彻骨的寒意掠过心头，妈妈到底在哪儿呢？

"阿广——"

突然，一声呼唤在黑暗中响起，身穿工作服的妈妈走了过来。

她从口袋中掏出一块口香糖递给你，你默默地接了过来。真开心啊！不过，你却羞于把这份喜悦表露在脸上。口香糖甜甜的，薄荷的味道滋润着你的嗓子。

"明天，菊花人偶就要开始展出了。"

"菊花人偶是什么呀？"

"用菊花制成的人偶呀。现在，大叔们正在制作呢。想看吗？"妈妈牵着你的手往前走。

一阵风猛刮过来，把散落在周围的纸屑吹得滴溜溜打起转来。装爆米花的袋子、超人的面具、盛炒面的纸碟，都随着那股小小的旋风在空中飞舞。咔嗒咔嗒，广告牌也发出骇人的声响。

"就在那儿！"

妈妈所指的是一座用胶合板搭建而成的、大大的临时工棚，那儿以前一直是鬼屋的所在。你不由得回想起在哪里见过的令人毛骨悚然的场面——悬挂在古井中的头颅、无声无息打开的棺材盖、老太婆苍白的手……你身不由己地抖了一下。

"晚上好，让我们参观一下吧。"妈妈站在入口处说道。

走进工棚，菊花的香气扑鼻而来。天空中长长悬挂而下的电灯泡发出的昏暗光亮，模模糊糊地照出一座高高的、由菊花堆砌而成的小山。工人大叔们竖起木棒，缠绕上铁丝，正辛苦地往上面披盖菊花缀成的和服。

装饰完毕的人偶挺立在黑暗中，兀自泛出白色的光影，犹如一个大病初愈的女子，拖着一条随时即可湮灭的生命。

你的身体猛地一震。

"看啊，阿广，那是龙宫的仙女和浦岛太郎，很漂亮吧？"

"嗯。"你点点头。

妈妈真的喜欢这种东西吗？这些菊花人偶，都像一张白纸一般，死气沉沉地站着。

大叔们一言不发，来来回回地忙碌着。

"阿广，再等一下，妈妈要去换一换衣服。你自己沿着回家的路先慢慢地走吧。"

妈妈留下了你一个人，朝出口走去。

虽然有点儿害怕，但你还是鼓起勇气，沿着归路向工棚深处小步疾走而去。

　　有一位大叔正背朝着你，在菊花丛中搭建人偶的轮廓。你停下脚步，呆立在他身旁，一动不动地注视着大叔灵巧的手法。

　　咔嚓、咔嚓，铁丝在大叔的手中断开、弹出。

　　"小家伙儿，你知道怎么剪断铁丝吗？"

　　"不知道。"面对大叔突如其来的提问，你吃了一惊。

　　"是吗？铁丝啊，把它夹在钳子的这个地方，像用剪刀一样，咔嚓剪断就行了。"

　　"真的呀，可以用钳子剪断铁丝啊？！"以前你可从来没听说过。

　　"你擅长做手工吗？"

　　"我会做塑料模型。"

　　"你是用强力胶来粘塑料模型的吧？"

　　"没错。"

　　"使用强力胶的时候，慌慌张张地乱粘一气可不行哦。粘上一片之后，必须耐心地等它干透了，再开始下一步。"

　　"嗯。"

　　塑料模型的粘贴工序真的是挺难的。你常常手指上沾满胶水，以失败告终。真子曾经做过一艘超级棒的模型船，不过，那肯定是在她爸爸帮助下完成的。

　　"想要做好手工，必须一步一步仔细地操作才行哦。看，就算是大叔我，在使用锯子的时候，也要认真地画线，再沿着那条线把材料锯开。"

　　你的脑子转了起来。家里既没有锯子也没有钳子，真想要一套木工工具啊。有一次，你曾经在百货商店看到过儿童专用的木工工具，可妈妈说存在危险，不能买给你。

　　"在往细木条上钉钉子的时候，就算很麻烦，也必须先用锥子钻个孔，然后再钉，否则木条就会裂开。"大叔背对着你，向你传授了好多小技巧。

对于菊花人偶，你已经没有丝毫惧意了。菊花人偶、妖魔鬼怪，都是大叔这样一锤一钉做出来的，它们的一举一动自然也是出自大叔的巧手。难道还真会有什么可怕的东西吗？

"阿广，阿广！"

入口处传来妈妈的叫声，声音越来越近。

"我在这儿，妈妈！"你一边回应着，一边伸长脖子看向昏暗的通道。

直到这时，大叔才第一次从菊花丛中抬起头来，正当你定睛细看之时，那张苍白的脸已经一点点地消失了。你的身边空无一人。

"在干什么呢？怎么待在这么一个冷清的地方啊？"

你无言以对。

"很晚了，我们快回家吧。"

妈妈已经脱下工作服，手中拿着三两支菊花。

走到工棚外，秋风掠过广场，夜色更深。

游乐园的夜晚为什么总是那么凄清呢？

你回头看向那个刚刚跨出的工棚。

"妈妈，那里一直是鬼屋吧？"

"是啊，暑假的时候，你不是来看过嘛。"

"嗯。"你压低了声音问妈妈，"妈妈，这个世界上有鬼吗？"

"怎么可能有那种东西。"

你没有告诉妈妈，那张脸——就是刚才看到的那张脸，就是爸爸的呀。最后一次见到爸爸的时候，他也像今晚这样在菊花丛中露出浅浅的笑容。菊花的香气唤醒了你头脑中久远的记忆，爸爸苍白的脸又浮现在你的眼前。

可是，你已经没有爸爸了。

（选自上海译文出版社《黑色回廊》）

假定性：韦尔贝发明小说的方法

　　词语搭配通常已经约定俗成。比如，说起科技，就会有科技发明，提起文学就会有文学创作。那么，可否将小说和发明搭配起来呢？小说发明，或说发明小说。如何像发明专利一样发明小说？

　　法国作家贝纳尔·韦尔贝的《大树》就将科技和小说这两个元素融为一体。2009年9月1日，我读毕《大树》，记下：发明小说。

　　韦尔贝这样透露其发明小说的方式："每个故事都会提出一个设想，然后再将事态发展并推至极端：如果向太阳发射一枚火箭；如果有一颗陨石掉在卢森堡公园里；如果有个人拥有了透明的皮肤……"

　　《大树》获得法国文学最高大奖——龚古尔文学奖后，记者采访他，问：最想发明什么？答：事实上，我已经在我的书中……发明出来了。

　　城市题材、科学幻想，是微型小说创作的短板。韦尔贝的《大树》是城市里的科幻。其小说，在当今科技发现的基础上展开文学的想象，重要的是，落在对当下现实的关注上，以奇特的想象发明了富有哲理的小说世界。他7岁时，就写过虱子在人身上旅行的奇遇记，而《大树》里，有一系列奇遇，比如太空探险、时光隧道、外星人、克隆人。

　　2019年，我、走走等三人组成了一个全国科幻小说大奖赛的评委。中短篇，还有微型小说（微型小说均落选），近五百万字。我硬着头皮看了近半个月，最后，脑子里尽是机器人、克隆人、外星人、生化人，穿越、拯救、危机。而《收获》杂志的编辑走走（已从事软件开发行业，成立公司），用的是大数据软件进行审读。我认为阅读的差异为：大数据软件统计情节模型，我在意的是细节运用。我还是佩服软件。后知，一位小说评论者使用走走公司的大数据软件，"读"完749部、7.29亿文字的中国网络小说，仅用了12.5个小时。

然而，阅读韦尔贝的《大树》，我感觉到其小说纯正的成色。我在《宠物狮子》《暗夜》《透明人》《大树》《符号控制》等微型小说中权衡，最后选择了《符号控制》为例。

有一个由头触发了我的选择。我在微型小说《悬浮的一点》中表现了跟韦尔贝《符号控制》的人物类似的奇遇：幻觉。"我"突然生出欲望，放下毛笔……落款，名字后，带个"书"字，可"书"字那一点有投影，似鹰飞过天空投下的影子，那一点悬浮着，像飞虫，合掌去拍，然后，那一点融入了"书"字，像鸟儿归巢。它的血是黑色的。这是主人公也是现实里的我经历的错觉，"书"字的一点"活"了。悬浮着，有投影。脱离、回归。

韦尔贝的《符号控制》里的主人公，幻觉则是墙、鸽子、游泳池、镜子，这一系列实物，被它们的名字取代，名词漂浮、飞翔，转而，又恢复为实物。

实物与名称，存在与命名，韦尔贝揭示存在的幻象，由此，发明了一个哲理的文学小世界，被称为哲思小说家。这也是他区别于很多科幻小说作家的特别之处。我想到波兰作家奥尔加·托卡尔丘克在小说《云游》中的一句话："真相是可怕的；描述就是破坏。"

描述用的是语言。《符号控制》，用名词颠覆了实物，不就是一种"破坏"吗？韦尔贝运用细节表现了"破坏"的具体状况，他写出了真实的幻象：墙怎么扭曲、消失，转为了"墙"字，还带着括号注释，以语言精确地说明墙。引出质疑关于上帝给亚当命名的权力。显然，作为教哲学的老师——主人公幻觉中的奇遇颠覆了那种权威。同样，一个月后，他注视一只鸽子，鸽子也变成了名字，第三次奇遇发生在游泳池，实体化为名词（作者没写，但读者能够想到，不可能在名词里畅游了）。

韦尔贝写出了哲思。教哲学的主人公经历了三次奇遇，确信自己已经神经错乱了——这也是对过去上帝般视角的小说的一次颠覆。在当今网络时代，虚拟与现实的界限也模糊。这个主人公处在实物虚化的现实中——名词代替了实物，人物处境尴尬。他已被词语的符号所"控制"。现实中，不也常感觉描述的东西和现实的东西对不上号的焦虑和纠结吗？这不就是描述的破坏吗？被过度阐释，被过度美化，往往使被描述的原型陌生化了。

结尾，主人公不得不去心理诊所（与开头呼应：坐在一家诊所的候诊室里），拿了抗焦虑症的药，他看见走廊尽头的一面镜子，于是镜子里的他转化为名词：人类。以解释"人类"这个名词的方式，我们终于知道了哲学教师的形象（体重、身高、面容），但又能说明什么？作者在标签（也是符号）的说明里，点出了"戴眼镜，用于检测系统错误"。主人公已出现了错觉，却连自身也检测不出。"这个人"，变成了泛指的概念：人类。结尾放空，让读者体会。因为，小说是一种只提问而不作结论的文体。

韦尔贝发明小说，其前提，是"设想"和"如果"。其实也是提出一个问题，好小说提出的是高级的问题。韦尔贝的微型小说采取的是假定性的方式。这是发明的第一步。卡夫卡的《变形记》就是建立在假定的前提下：假定人变成了虫。

第二步是呈现可感可信的形象。一般作者往往容易在情节推进的表层悬浮滑行，而韦尔贝注重落地的细节：主人公看见什么实物，那个实物就化为名词，实物由名词取代。那么怎么描述名词所指代的对象？他采取了词典的方法，解释名词，描述形象。让抽象化的名词具体化——此为表达的发明。一次一次的消失到恢复。最后，镜子里的个体符号化为"人类",正是作为个人更奇特的一次消失和否定。韦尔贝让人物停止在"人类"这个名词前,不写恢复,像瞬间的凝固。我感觉到流动的时间突然中止或死寂。而之前的三次奇遇,是一段一段的时间流逝。韦尔贝发明小说,是方法论,也是世界观(一般作者倾向方法论)。其《符号控制》不也是一面镜子吗?读小说也是照镜子。我记起我的一篇微型小说里,人物照镜子,焦虑地发现:镜子里竟然空着,没有他。好小说能够唤醒读者的记忆。

附文

符号控制

[法] 贝纳尔·韦尔贝　著　　戴露　译

加博瑞·内姆罗德平静地坐在一家诊所的候诊室里,尽管椅子并不怎么舒服。突然间,他发现对面墙上的一幅画正沿着墙面移动,接着,整面墙壁开始颤动、扭曲,直至完全消失。他周围的东西看起来没什么像是假的,但是,在原来墙壁的位置上出现了一个厚厚的"墙"字,还带着括号注解:"(厚度,50厘米,内侧刷粉,外侧涂满水泥,用于抵御恶劣气候。)"

这么一大串文字在空气中飘浮着。

加博瑞花了好几秒钟才定下神来,看清楚眼前的一切,而且还看到了以前被墙挡住的景象:马路和行人。他走上前去,试着伸手穿过去,当他把手缩回来的时候,一切又都模糊起来,那堵墙又回到了原来的位置,就是一堵普通的墙,普通得不能再普通的墙。加博瑞无奈地耸了耸肩,自言自语地说:"幻觉,都是幻觉搞的鬼。"毕竟,他来诊所是为了治疗一直折磨他的偏头痛。他伸了伸懒腰,决定到街上走走。

这些被它们名字取代的东西，还挺奇怪的。

加博瑞·内姆罗德在一所中学教哲学。他记得好像上过一节关于词音和词义的课，他当时跟学生说，如果一个东西没有被命名，就等同于它并不存在。他揉着太阳穴有些郁闷地想："也许大脑都快被这些哲学领域的问题给占据了。"昨天晚上，他还读了一篇《圣经》：上帝给了亚当命名所有事物的权力。那么在这之前，一切都不存在吗？

加博瑞很快把这个小插曲忘了，接下来的日子里也没有什么特别的事情发生。

但是，一个月后，当他注视一只鸽子的时候，他看见它变成了两个字：鸽子，后面的括号里写着：327克，雄性，羽毛灰黑色，叫声"哆——降调咪"，左脚微跛，用于装饰花园。

这次，这些定义一只动物的字句在空中飘浮了二十多秒钟，加博瑞伸手去摸，"鸽子"立刻飞走了，还拖着后面的括号和长长的那串解释。到了天上很高的地方，它才重新变回一只鸟，还跟着几只咕咕叫的母鸽子。

第三次奇遇发生在他家附近的社区游泳池里，正当他不紧不慢地畅游时，他看到几个大字：游泳池，后面也有括号，写着：注满含氯的水，供儿童玩耍以及成人健身。

这就有点儿过头了，加博瑞确信自己已经神经错乱，直接去了一家心理诊所，可是就在那儿，他受到了致命的打击。在结束诊断并拿了抗焦虑药之后，在走廊尽头，加博瑞看见了一面镜子，他看见就在他站的地方，只有一个标签，上面写着：人类（高1.72米，重65公斤，气质平庸，面有倦容，戴眼镜，用于检测系统错误。）

（选自中国城市出版社《大树》）

轻逸的饭盒：城市中小人物的生存境遇

民以食为天，我的艾城系列，曾写过一个农民，第一次乘飞机，他对待高空中的盒饭，表现出的农民意识：可爱的算计和得意。聪明反被聪明误（误了一顿饭）。

我选择意大利著名作家伊塔洛·卡尔维诺的《饭盒》，是想看一看城市小工马可瓦尔多如何对待小小的饭盒？由饭盒切入，仿佛因作家的发现而命名。马可瓦尔多的乐趣在于那个被唤作"饭盒"的容器，拧盖的动作竟然让他流口水。然而，饭盒里的食物却是昨晚的剩菜。

饭盒与剩菜，也是形式和内容，形成了马可瓦尔多截然相反的反应：拧饭盒的乐趣，吃饭菜的难受。这是矛盾体。

说不知却明知道饭盒中的内容（千篇一律的饭菜），拧开盖后的视角里，盒饭中那片圆周区域，"就好像地球仪上的大陆和海洋一样"，将毫不相干的地球上的海洋与饭盒中的残羹，一大一小作比，拓展出小说的意象空间，使我想到卡尔维诺晚年的系列微型小说《帕洛马尔》。

《马可瓦尔多》和《帕洛马尔》分别是以人物名字命名的系列小说，也就是以一个人物贯穿"系列"的小说。两位都是边缘人，因为孤独，关注的事物就特别。帕洛马尔更似卡尔维诺，均已晚年，在城中漫游，由一点微小的事物，展开对所容身的地球或宇宙所做的沉思和遐想。更像一位哲人。将地球比喻成饭盒，是不是预示着未来帕洛马尔的出现？继而揣摩，作家的创作与虚构的人物在什么程度上有相似性？读者的情感在什么点上被作品的人物唤醒？

只不过年轻的马可瓦尔多，有一双不适合城市生活但敏锐善感的眼睛，他不被标志牌、红绿灯、橱窗、霓虹灯、宣传画所吸引，而注意被常人所忽视的不起眼的小东西，并在其中发现乐趣。比如，饭盒就是他的"世界"。卡尔维诺写饭盒的外与内，引起他的情绪的波动：愉悦、悲伤、乐趣、厌烦。

那是妻子为他准备的一盒午饭。他已养成了习惯：躲在靠近单位的林荫道上，边吃、边看、边想。调动了视觉、味觉、感觉，眼睛和脑袋尤其繁忙，将周围的社会和自然也纳入了"饭盒"，小小的饭盒渐渐容纳了宏大。

卡尔维诺不经意地点出了马可瓦尔多反感的东西：一是饭盒底部有金属味的残羹；二是让他倒胃口的狗肉香肠。于是，突转，有一个男孩从一扇窗子向他打招呼。而这之前的叙述，像一个巨大的旋涡，裹挟着饭盒——其实是马可瓦尔多沉湎其中。

窗子犹如陡峭河床的高岸。交换启动，真是缺什么要什么。马可瓦尔多递上有香肠的饭盒，男孩传下一盘炸脑子以及银叉子。高贵与低贱，贵重与便宜就这样交换而互补，双方都说"从没尝过如此美味的食物"。空间的高低，地位的贵贱，界限陡然消除。就如同两个小孩交换对方喜欢的物件，单纯而又真诚。能够感觉到马可瓦尔多暂时挣脱了模式化生活的"旋涡"。

女管家的突然出现，打断了马可瓦尔多短暂美好的交流，而且，她竟然把他当成贼。人与人隔膜的篱笆重又扎起。他听见饭盒滚到了人行道上——擦破，盖子拧不紧了。这个"拧"字，前后呼应。他去上班了，一切又恢复到枯燥、烦恼的模式化生活（包括未来饭盒中的午餐），而那一段交流，像成人的童话，给他的生活凭空增添了诗意，使作品的品质上升到诗意的境界。损毁中，包含着的诗意，增强了日常悲剧的力量。卡尔维诺擅长以轻抵重。轻是轻逸。饭盒的文学功能，不亚于卡夫卡的《煤桶骑士》那轻逸的煤桶。

卡尔维诺的短篇小说集《马可瓦尔多》，被称为"开启卡尔维诺的黄金写作年代"之作，20篇中，按字数计，有12篇微型小说，要放宽规模，还有若干篇也可纳入。应当不单纯以字数来取舍，最关键的是方法，微型小说特有的表现方法，即对细节的珍视和处理的独特性，如同《饭盒》中的饭盒在此作中穿行、飞扬，作品的内涵也增容。其每一篇都有一个含量丰沛的细节，作品就像卫星围绕着恒星的细节运行。单是看目录所显示的细节就可知：蘑菇、长椅、鸽子、黄蜂、空气、牛奶、车站、叶子、超市、小花园等。可见"较小的事物是较大事物的秘密镜子"（德·昆西语），同时也彰显马可瓦尔多关注什么，关注什么就是怎样的人。

卡尔维诺早年曾写过一组微型小说（我在《微型小说讲稿》中讲过"做起来"），标明寓言小说，有超现实的色彩。收入集子《在你说"喂"之前》。其中多篇也是城市题材，有着民间传说的元素。而《马可瓦尔多》则是贴近现实的小人物——打工者马可瓦尔多。既可将其视为微型小说集，也可当成长篇小说。卡尔维诺的多部长篇小说是碎片的组合，其中显示了小说的组合之道。《马可瓦尔多》，春夏秋冬，一季一篇，有五个小辑，就是五个四季的轮回，人物在不同的季节里流转，接触不同季节的事物——细节，更在乎大自然的变化，就像城市人怀有乡土情。我想起刘亮程进城务事，其眼里，城里的一切都像种庄稼。

1985年9月19日，卡尔维诺猝然逝世。主刀医生也是文学爱好者，他代表了研究和阅读卡尔维诺小说的粉丝们的好奇，打开了卡尔维诺的头颅，发现从未见过任何大脑的构造像卡尔维诺的那样复杂精致。我阅读其小说，就想起主刀医生的那句话。其小说不也单纯中显复杂，丰富中见精致吗？尤其对细节的珍视和处理上，给微型小说的创作以启示，甚至是微型小说式的特征。

《饭盒》中的马可瓦尔多，让我联想到一个男人，他属于能睡能吃、没心没肺的那种人。20世纪80年代末，我和他，十几个人，组成驻村工作队，在一个企业食堂搭伙。伙食如同马可瓦尔多的"饭盒"，每天都差不多，简单而又雷同。可是，那个即将退休的男人，他端饭碗时，也有马可瓦尔多的仪式感，吃什么都津津有味，如马可瓦尔多那样有乐趣。他还用左手抚着腹部感叹：多香呀。还默默地感激什么恩赐。我对饮食不计较，但羡慕他那种生活态度。驻村是他生活中的一个插曲，他像个贪食的小男孩。三十多年过去，同在一座城市，再没与他相遇过。记忆里，那双手，那张脸，饭后的招牌动作，用手抹一把围满胡楂的嘴，仿佛鸟儿飞归有蛋的巢，同时，布满皱纹的微笑，如同秋风吹过荷塘，起了涟漪。我相信他仍以一种特别的状态活着。

如果要欣赏卡尔维诺微型小说的独特性，不妨琢磨一番《城市里的蘑菇》之蘑菇、《市政府的鸽子》之鸽子、《黄蜂疗法》之黄蜂、《高速公路上的森林》之森林等，可见其是运用细节的高手。同时，塑造了孩子般的天真、可爱，还有悲悯之心的小人物的形象。某种意义上，作家和马可瓦尔多（当然也是卡尔维诺）的视角一致，发现被人们忽视的东西，也是"没用"的东西。马可瓦尔多"有着一双不是很适应城市生活的眼睛"，然而，一片发黄的树叶、一根瓦片上的羽毛、一个桌上的蛀虫洞、一块人行道上的果皮，包括以上提及的各篇中的物件，通过它们，可以发现季节的变化、心里的欲望、存在的渺小。小人物、小细节，有能量，有力量。

饭盒

［意大利］伊塔洛·卡尔维诺　著　　马小漠　译

那个被唤作"饭盒"的、圆圆扁扁容器的乐趣首先在于它是可以拧下来的。单是这个拧盖子的动作就足以让人流口水了，而如果还不知道那里面是什么，那就更妙了。比如，妻子每天早上准备的饭盒。揭开饭盒，就能看见里面被捣碎的食物：小香肠煮小扁豆，或者熟鸡蛋加甜萝卜，再或者玉米糊配鳕鱼干，一切都在那片圆周区域中被安排得很好，就好像在地球仪上的大陆和海洋一样，即使东西不多，也有丰盛厚实的效果。盖子一旦被拧开，就成了盘子，于是就有了两个容器，就可以开始分配盒里的东西了。

小工马可瓦尔多拧开饭盒后，迅速吸了口饭香，伸手去拿他总是随身携带在口袋里被裹起来的餐具。用叉子捣的前几下，用来唤醒那些僵掉的食物，让它们像刚刚上桌的菜那样富有立体感和吸引力。他观察了一下，东西不多，他就想"最好慢慢吃"，可那前几叉的饭却被极为迅速和贪婪地送到了嘴边。

第一种滋味，是吃冷菜时的悲伤，但是很快他就能愉悦起来，因为会找到熟悉的饭桌上的味道，这味道被复制到一个不同寻常的布景中去。马可瓦尔多这会儿已经徐缓地咀嚼起来了。他坐在一条林荫道的长椅上，一个靠近他单位的地方。因为他家很远，中午时回家既费时间，也浪费电车票。他特意买了饭盒，露天吃饭，看过往的行人，然后在喷泉那儿接水喝。如果是秋天，还可以选择阳光所及之处，红色油亮的树叶从树上掉下，可以用来当餐巾纸；香肠皮扔给流浪狗吃，它们很快就跟他交上了朋友；在路上没人经过的时候，麻雀会拾起面包屑。

吃饭的时候，他想着：为什么同样是老婆做的饭，我在这里会喜欢，而在家里，伴着吵架、哭泣，还有会从每一场谈话中蹦出来的债务问题，怎么也喜欢不起来？然后他又想起来：现在吃的这些是昨天晚饭的剩菜。这就又让他不快起来，也许是因为他不得不吃冷的剩菜剩饭，或者饭盒的铝皮给食物染上一种金属的味道，在他脑子里萦绕着一个想法：这就是多米蒂拉的意图，连远离她的午餐也要给我毁掉。

就在那会儿，他发现自己都快吃完了，很快他又觉得那菜里有什么非常美味和罕见的东西，于是他又满怀虔诚地吃掉了饭盒底部的最后一点儿残羹，那些闻起来有金属味的残羹。然后，他注视着空无一物、满是油腻的饭盒，开始悲伤起来。

他把一切都裹了起来，塞进口袋，站起来，回到单位还早，在大衣宽敞的口袋中，餐具在空荡荡的饭盒里如打鼓一般咣当作响。马可瓦尔多去了一家酒馆，让人给他倒上一杯满到杯子边缘的酒，或是一杯咖啡，小口小口地饮；然后看看玻璃橱柜里的糕点，看看一盒盒的糖果和果仁糖饼，劝服自己不是真的想要那些东西，劝服自己真的是什么都不想要。他又看了一会儿桌上足球赛，说服自己只是在消磨时间，而不是在抑制食欲。他回到路上，电车里重新挤满了人，已经接近回去上班的时间了。

马可瓦尔多的妻子多米蒂拉，出于某种原因，有时候会买大量的香肠。然后接连三天晚上，马可瓦尔多总会在晚饭中吃到香肠配萝卜。单是香肠那味道就足以让他丢了胃口。至于萝卜，那种苍白而乏味的蔬菜，是唯一一种马可瓦尔多从来就不能忍受的素菜。

中午，饭盒里还是冰凉而油腻的香肠配萝卜。他是那般健忘，仍旧充满好奇地馋嘴拧开了盖子，好像一点儿也不记得昨天晚饭吃的什么了，于是每天都是同样的失望。第四天，他把叉子插了进去，又一次闻到那味道，他从长椅上站起来，手里托着敞开的饭盒，心不在焉地在林荫道上走了起来。行人们看见这个男人散着步，一手拿着叉子，另一手托着一盒香肠，就好像是还没决定要不要把这第一叉菜送进嘴里。

这时一个男孩从一扇窗子里说："嘿，那位男士！"

马可瓦尔多抬起了眼睛。在一幢豪华别墅的夹楼间，一个男孩胳膊肘撑在窗台上，窗台上搁着一盘菜。

"嘿，你吃的什么？"

"香肠烧萝卜！"

"你真有福！"男孩说。

"唉！"马可瓦尔多含糊地答。

"你想想，我得吃炸脑子！"

马可瓦尔多望着窗台上的盘子。那里有一盘炸脑子，柔软而弯曲，就像一堆云。他的鼻孔在颤抖。

"为什么？你不喜欢吃脑子吗？"他问男孩。

"不喜欢，他们把我关在这里受罚，因为我不想吃脑子。但我还是要把这菜从窗户口扔掉。"

"那你喜欢吃香肠吗？"

"哦，当然喜欢！但我们家从来不吃。"

"那么你把你的盘子给我，我把我的给你。"

"太好了！"男孩高兴地把自己花饰陶制的盘子和雕满花纹的银叉子递给了男人，而男人则把自己的饭盒递给他，里面有把锡叉子。

这样，他们两人都吃了起来：男孩在窗台上，马可瓦尔多坐在对面那边的长椅上，两人都舔着嘴唇，说是从没有尝过如此美味的食物。

突然，男孩的身后出现了一位双手背在臀部的女管家。

"少主人！我的上帝！您在吃什么？"

"香肠！"男孩说。

"谁给您这香肠的？"

"那边那位先生。"他指了指马可瓦尔多，马可瓦尔多从脑子的美味中抬起头来。

"快扔掉！天呐！快给我扔掉！"

"但香肠很好吃。"

"您的盘子呢？叉子呢？"

"在那位先生那里。"他又指了指马可瓦尔多，马可瓦尔多正把叉子举在空中，叉子上戳着一块被咬过的脑子。

那女人就叫了起来："抓贼啊！抓贼啊！不要偷餐具！"

马可瓦尔多站了起来，又看了一眼剩下一半的炸脑子，来到窗子旁，把盘子和叉子搁在窗台上，鄙视地盯了女管家一眼。他听见饭盒滚到了人行道上，男孩的哭声被窗子很不客气地关上。他弯下身来捡起饭盒，盖子有一点点变形，拧不紧了。他把东西塞进口袋，上班去了。

（选自译林出版社《马可瓦尔多》）

小偷的形象：如何“打造”荒诞

关于小说中的小偷形象，有一个谱系。鲁迅笔下的阿Q偷了萝卜，还耍赖；日本作家黑井千次的微型小说《小偷的留言》中，那个有洁癖的小偷让我难忘；还有法国作家让·热内的《小偷日记》，足可见是个有文学素养的小偷。【问一：已有那么多小说的小偷经典形象，若你来创作，会写出怎样的小偷形象？】

波兰作家斯沃瓦米尔·姆罗热克的微型小说《小偷》运用的是荒诞手法，达到了荒诞效果。

开头第一段，姆罗热克从国际视野切入：“所有孩子都从电视里知道，外国的罪犯都很时尚。”转而写成人的“我们”（用的是复数的“我们”，相当于第一人称的视角，贯穿到底，既是目击者，又是介入者）。这儿有一个屡教不改的小偷，又返回，跟法国小说的侠盗亚森·罗宾对比，差别很大，因为“我们”这儿的小偷“最多只会偷母鸡，衣衫褴褛，不会外语”，似乎这个小偷给“我们”丢了脸。（注意，特别强调了外语，可小偷有必要懂外语吗？）

微型小说展开要有个方向。小偷最多只偷母鸡，且屡教不改，那么应该让他金盆洗手，痛改前非？但是，放到国外背景里，“我们”找出差距，提出整改，高标准，严要求，不能允许这个层次的小偷摸外国游客的腰包。

“我们”计较的是小偷的层次。情节的方向朝着讲究层次（也是档次）发展。小说就越过日常的边界进入了荒诞。不过，“我们”仿佛还使小说维持在貌似日常之中。这一点，跟许多超现实的荒诞区别开来了。

到2019年为止，波兰先后诞生过五位诺贝尔文学奖得主，姆罗热克与之相比并不逊色。如同卡夫卡，两人都没有获得过诺贝尔文学奖，但同样已跻身世界级文学巨匠之列。

作为荒诞派代表作家，姆罗热克创造了一种崭新而独特的荒诞风格（戏剧、小说，多为微型小说）。国内现已译有姆罗热克的两本小说集：《大象》《简短，但完整的故事》。20世纪80年代，我曾在《世界文学》上读到他的8篇微型小说，期待到2012年，终于《小说界》刊出了10篇。《小偷》为其中之一，由著名翻译家余泽民翻译。余泽民已翻译了许多匈牙利（也是文学的大国）的小说。我曾有幸与之相见聊谈。余泽民很儒雅，我不好意思谈《小偷》，只好"雅对雅"，与他谈匈牙利作家马利亚什·贝拉的《垃圾日》。我自觉很俗，不敢公开跟《小偷》接头。1975年，我也干过小偷的勾当，偷瓜、偷鸡。偷的也是母鸡。炖鸡的时候，我用毯子蒙上窗户，不让气味泄漏出去，并且还邀请鸡的主人一起来享用。鸡的主人是我的同学，他说那是他家的鸡，还提醒：你们怎么不知道销赃？因为我把鸡毛直接倒在宿舍门前的垃圾坑里。他替我们担心，香味会"大步疾走"传递死亡的消息。后来，看到一位著名诗人也有同样的行为，不过，他让香气"大步疾走"了，那疾走的香气很雅。余泽民指出：《小偷》描述的失落，许多人都经历过。我想，这叫心照不宣。还是维护一本正经的虚伪吧。

《小偷》的开头，"我们"帮小偷找出了差距，接下来，要有整改措施——微型小说有了方向："我们将小偷招来训话。"堵其偷母鸡的口子，那不够档次，要偷钻石或汇票，放小抓大，由穿着开始：白衬衫系领带，还要打理头发，以全新的形象亮相。

"我们"与小偷的矛盾在于："我们"崇大，小偷趋小。他表示也能偷卫生纸。这有违"我们"打造高层次之初心。有意思的是，"我们"竟然给他提供配套的装备，以便与绅士相匹配。小偷没想过绅士的档次，是"我们"强行提了上来：签了协议，购了车子，办了理发证（用教区的经费）。按照绅士的标准，该喝威士忌加苏打，不过，权且委屈，以伏特加加苏打水替代（算在"我们"的账上）。

有了与绅士身份相符的吃穿，剩下的是要解决外语问题——可谓从里到外，从物质到精神，"我们"都去精心打造。这个小偷的故事，就这样步步推进，走向极端，就在"我们"打造小偷的同时，小说的荒诞也打造出来了——大局和小偷的反差。【问二：微型小说讲究情节的逻辑。魔幻、荒诞的微型小说，也讲究文学的逻辑。《小偷》在处理"小"与"大"的关系上，如何建立起严格的文学逻辑呢？】

"我们"以"大"压"小"，其实，小偷习惯了"小"，小偷小摸，已够了，"我们"要推着让他往绅士那个档次上靠，小偷能否承受住"大"呢？学外语，还要听交响乐——小偷的趣味被调动起来了。但是，姆罗热克把握着方向，贴着小偷的形象，没让小偷"来劲"，显然小偷承受不起"绅士"的光环。

我听过一件事，一个修自行车的人，夫妻关系不错，修车生意也不错，他偶尔写了一篇文章（不知那是微型小说），却被报纸副刊刊出，编辑鼓励他，还发了个新闻。于是，修车匠以为自己真的有文学天赋，他弃车从文——发奋着迷地写微型小说（稍略有了文学概念），到处投稿，拜访编辑，虚心求教。于是，一个文学杂志社三天两头出现他的身影，编辑为难，躲避，他不依不饶。其实，他不是写微型小说的料。妻子携孩子离开，他也无心修车。一个小人物，被好心人点亮了文学梦，就开始了执着追梦的生涯。

幸亏《小偷》里，那个小偷没被"我们"的梦想牵着鼻子走——他忍受不了跟"你们这样没文化的人在一起"。但读者可明鉴："我们"有文化，绅士就是有文化的标志（只是"我们"没把文化施教对象把握准）。倒是没文化的小偷轻易地颠覆了有文化的"好心"人们。层次、打造，是关键词。

可是，小偷扶不上墙，上不了台面，让"我们"失望、失落了。【问三：通常第一人称为单数的"我"，《小偷》用复数的"我们"为视角叙述，谈谈你对"我们"的看法？】

小偷给好心热心的"我们"留了一个告别的条子（也算讲文明有礼貌）：再见，罗马。他出国了。【问四：黑井千次的《小偷的留言》和姆罗热克的《小偷》，都留了条子，对比阅读，两个条子是在什么情况中留下的呢？留言条和人物的处境、性格有什么关系？】

结尾呼应开头，像一个圆，转了一圈，一场一厢情愿的空忙。有失"我们"的良苦用心，"丢下我们走了"。唯一吸取的教训是，"报纸上说得很对：不能照搬西方的样板"。开头是电视，结尾是报纸，均为媒体，仿佛是在探索国际化的背景中，如何保持本国的独特性的问题。【问五：你怎么理解《小偷》的开头和结尾？】

附文

小偷

［波兰］斯沃瓦米尔·姆罗热克　著　　余泽民　译

所有孩子都从电视里知道，外国的罪犯都很时尚。而在我们这儿呢？有一个屡教不改的小偷，可跟亚森·罗宾[①]相比，他还差得远哩。他最多只会偷母鸡，衣衫褴褛，不会外语。在我们这里，随时都有可能有外国游客，我们不能允许这样没有层次的小偷摸他们的钱包。

我们将小偷招来训话：

"别再偷母鸡了。如果偷就偷钻石或汇票。从今天开始，你要穿白衬衫系领带，阿尔法·罗密欧，出门前好好梳梳头。"

他回答说：

"钻石没有，汇票还行，我能偷卫生纸。阿尔法·罗密欧？您在跟我开玩笑，对吧？"

他说得并不是全没有道理，钻石没有也可以不偷，我们白纸黑字签了个协议，我们给他买了一辆自行车。为了改善他的外形——我们用教区的经费给他办了一张理发证。

看上去好多了，但还不够绅士。我们还得继续打造。

"你该喝威士忌加苏打。我们没钱买威士忌，但苏打水在合作社里有的是。每周给你一公斤苏打，这个算在我们的账上，你只能喝加了苏打的伏特加。一升酒至少要加二百五十克苏打。"

小偷的层次有所提高。我们对未来也增添了信心。剩下的是要解决外语问题。

"你不想学一两门吗？至少学学斯洛伐克语，这里离边境这么近，经常有老太太过来走私。我们找一个给她点儿钱，给你做做语言培训。"

"我还想听交响乐，偶尔……"

"你别这么不知足，我们去哪里给你买交响乐唱片？！"

但我们暗自为他自豪，因为是我们让他有了这样的品位。

后来有一天他失踪了，只留下一张字条：

"我走了。我实在忍受不了跟你们这样没文化的人在一起。你们不加苏打喝伏特加，只在复活节前才理一次头，没有交响乐队，没人能跟我用外语交流。Arrivederci Roma[②]！"

小偷丢下我们走了。报纸上说得很对：不能照搬西方的样板。

----

①亚森·罗宾，法国作家莫理斯·卢布朗小说中的一位侠盗。他头脑聪慧、心思缜密、风流倜傥、家资巨富，常常盗窃非法敛财的富人的财产来救济穷人，被穷人们称为"怪盗绅士"，同时博得无数纯情女子的

倾慕。

②Arrivederci Roma，意大利语意为"再见，罗马！"是20世纪50年代风靡意大利的一首流行歌曲。

（选自《小说界》2012年第1期）

纪实微型小说：一个出租车司机的梦想

　　韩国作家赵南柱的《老橡树的歌》，取自其小说集《她的名字是》。"她"是什么？女性。赵南柱倾听（也是采访）了60多位女性，从9岁至69岁，她将那些"声音"转化为小说，计26篇。

　　2017年，赵南柱以长篇小说《82年生的金智英》荣获"年度作家奖"。作为韩国近十年最畅销的小说，该书销量突破100万册，相当于每50个韩国人拥有一本。而且它被定为"社会学报告式"的作品，还引出2017年韩国劳动社会研究所发布专题报告《82年生女性劳动市场实态分析》，又牵出"金智英法"的法律修正案。

　　金智英的文学形象被符号化、象征化，与2018年出版的《她的名字是》，成为"韩国当代女性生存图鉴"。

　　赵南柱的小说，纪实色彩很浓重。我联想到美国有一个文学流派：新新闻体小说，或非虚构小说。可谓同一个进化谱系。小说本是虚构，却前缀个"非"。否定之肯定，且"新新闻"，足见小说与经验的关系了。因为要说《老橡树的歌》，我索性界定为纪实微型小说，或非虚构微型小说，强调素材来源的现实真实性，怎么转化为文学真实性？【问一：你听周围的人说过自己的事情吗？你采取什么方式将其转化为微型小说？】

　　赵南柱是位全职主妇，生于1978年。做家务，带孩子，写小说。现在，自称"作家兼家庭主妇"。日本、韩国这类女作家甚多，这也是亚洲女性作家的一个特点吧！赵南柱从未有过正规的文学训练，因带孩子，她想参加写作培训班的梦想也实现不了。不过，她决定"去寻找能用我的句子写的故事"，"不管三七二十一，从第一句开始写"。2015年，她的女儿即将上小学，她对写作的态度，带点破釜沉舟的意味：如果写作仍无成效，就另谋生路。这使我想到陈忠实写《白鹿原》也是最后一搏，不成功，就养鸡。接到发表通知，他说：这下不用养鸡了。但是，女性更艰难，尤其是男尊女卑的韩国文化中的女性。赵南柱相信，"写文章的女人力气大"。

小说集《她的名字是》标志着赵南柱由写自己转为写别人。且看《老橡树的歌》的第一句，信号灯变黄色亮绿灯，出租车停下等待。读罢全篇，我觉得那是人生的红绿灯，有象征意味。它给人物命运的展示和小说叙述的方式，奠定了基调。

两个人物：60多岁的出租车司机和大学生记者的乘客。等待绿灯时，司机问"想听首歌吗"还寻常，但他拿起副驾驶座位上的木吉他，开始演奏，就异常了。

由演奏，引出对话。通过对话，一是传达出司机的人生经历，因他的梦想，妻子带两个女儿"失踪"；二是大学生记者"我"趁机抓住了"新闻"，然后传上网站，引起热烈的反响，许多人去乘车听歌，还多付车费。然后，"我"转而寻找。

主体是司机与乘客的对话，由此展现司机的人生——现实与梦想的矛盾。显然，司机过去的命运转由双方对话来呈现。那么，很容易写成以对话为主的小说——啰唆、冗长，可能会使读者厌烦。

我阅读的感受是：人物之间，单纯说来说去，没完没了，我就厌倦，产生阅读的疲倦。

赵南柱大概也感同身受吧！她采取的方式是变奏，将夫妻关系的故事转换成"我"听后的概述，那样，省去了长长的对话。只点出"我决定不关里程表"。叙述的变奏效果颇好。直接对话转为间接引述，仿佛同为一条路，景色发生了变化，就不感觉啰唆——人物对话弄不好，就有啰唆之嫌。这跟看电视连续剧相仿吧？人物没完没了地说，我就换频道。微型小说的对话，最妥帖的是：要么不说，说了就要妙。其实，取舍的操手是作家——文本的表象是第一人称视角。纪实微型小说有现场感，但不可将对话变为"实录"。当然也有全篇均为对话的微型小说。【问二：你写微型小说，如何处理人物的对话呢？】

我拎出其中的四个要素，希望能引起读者的思考——阅读是一种参与。

1. 歌曲。司机把出租车当成了展示梦想的移动小舞台，乘客也常听《老橡树上的黄丝带》。这首歌使我想到高仓健主演的电影《幸福的黄手帕》。它重述了同样的美国故事，只不过地点设定为日本。司机演奏的歌曲也是同一个故事的另一种表达，那是追梦者苍凉而温暖的歌。【问三：《老橡树上的黄丝带》这首歌曲与人物的处境形成了何种关系？这种关系又如何升华微型小说的意蕴？】

2. 梦想。早先看过美国口述实录作品《美国梦》。当下，我们关注中国梦。而韩国60岁的司机与大学生记者乘客也各自有"韩国梦"——小人物的梦。不妨对比各国的梦。那名演奏木吉他的出租车司机，在梦想与现实之间，处境尴尬，他知道妻子女儿在何处，而不敢去见。【问四：为何选择等待女儿来乘他的出租车？】

3. 寻找。寻找和等待，是文学的母题。某种意义上看，《老橡树的歌》是一篇关于寻找的微型小说。一名司机寻找当歌手的梦，而现实里，他仍然是个出租车司机，而且，与其说寻找，倒不如说等待，等待遇上女儿。可与美国作家霍桑的小说《威克菲尔德》对比阅读，同样是"出走"，霍桑小说里，是男主人公"出走"，但是，《老橡树的歌》是妻子带女儿"出走"，相同的是，都在同一座城市，空间距离近，心灵距离远。【问五：这个时代，女性"出走"意味着什么？】

4. 重叠。新闻引起反响，大学生记者"我"，转而去寻找那位司机。读者期待的事情，作家反而不给（或拖延）。就如同狼来了的童话，呼喊"狼来了"，狼果然来了，是故事；而狼没来，则是小说。这篇小说，狼没来——结尾是"从那以后，我再没写过报道，仍然在寻找那夜的出租车司机"。之前的情节，起兴寻找，却突然转为写"我的父亲"，情节与司机毫无关系。司机和我父亲——两个男人（长辈）的形象重叠了。这是逸开的写法。每个家庭都有一本难念的经。【问六：司机是主角，转而写"我"父亲，由"我"串起，文学效果何在？】

附文

老橡树的歌

［韩］赵南柱　著　　徐丽红　译

时间应该足够通过人行道，可是信号灯刚变黄色，出租车就开始减速，没等红灯亮起，就停在了等待线前。

"想听首歌吗？"

突然，年纪大概有60岁的出租车司机拿起放在副驾驶位置的木吉他，开始演奏。

"我的刑期已满，正要赶回家……"

一首常听的歌。《老橡树上的黄丝带》，这是结束监狱生活回家的男人送给妻子的歌。他对妻子说，如果你还在等我回家，那么请在村口的老橡树上系一条黄丝带。我记得很久以前在杂志上读过。绿灯亮起，司机赶忙把吉他放回副驾驶位置，重新握起方向盘。

"做歌手是我的梦想，以前还谱过曲，现在彻底放弃了。"

"原来是这样啊。"

我喝醉了，只是礼节性地回答。司机并不介意，继续说道：

"我想唱歌，也有想见的人。如果您不喜欢听，请告诉我。"

我偶尔会以大学生记者的身份在新闻网站上传文章，突然觉得弹吉他的出租车司机可以成为新闻主人公。在交叉路口，在人行道旁，我又听了几段，到达家门口的时候，我正式做了自我介绍，并且说我还想和他多聊会儿。司机有些尴尬，我决定不关里程表，问他想见的人是谁。

　　"我那时很不像话，说要做音乐，一分钱也不给家里，还指手画脚……"

　　很长时间他都没有放弃自己的梦想。加入组合，前往音乐咖啡厅和活动现场唱歌，可是连零花钱都赚不够。也曾带着试音带找过多家唱片公司，最终也没有得到机会。他对通过媒人介绍认识的妻子没有丝毫感情。双胞胎女儿出生的瞬间，他还在和一起做音乐的人通宵喝酒，抱怨这个世界让他怀才不遇。即使如此，妻子也没有埋怨过他，而是独立抚养着两个女儿。直到现在，他也不知道妻子当时是怎样维持生计的。

　　除了这些，他还出过轨。任何情况下都没发过牢骚的妻子，唯独这件事不肯放过他。闻味道，翻口袋，不让他换电话。他外出的时候，妻子悄悄尾随，带着两个女儿去音乐咖啡厅，从早到晚监视他。有一天，妻子和两个女儿突然失踪了，没有留下只言片语，也没和亲戚朋友联系。这已经是20多年前的事了。

　　"现在我知道她们在哪儿。女儿们还是学生，一边工作一边学习。我也帮不上忙，怎么好意思主动联系她们呢。我盼着她们偶然坐上我的车，曾经在她们附近转来转去。我在孩子们的学校附近转来转去，一次也没遇到，可能她们不坐出租车。我应该去开公交车……"

　　他搔着后脑勺，难为情地笑了。车费持续上涨，我说我想把歌听完。他又拿起吉他。我觉得他可能会不喜欢露出自己的脸，就主要拍摄他弹奏的手和轮廓。

　　"现在，整车的乘客都在欢呼。我无法相信我所看到的。我要回家。"

唱到"老橡树上挂满了上百条黄丝带"的时候，他的眼角含着泪水。我也有点儿感动。付他的车费比平时高出3万韩元。

报道反响不错，还上了门户网站的主页。大部分评论都说自己重新思考了家庭的意义，或者希望得到妻子的谅解，希望妻子幸福。几家电视台想要采访出租车司机，可我并不知道司机的联系方式。故事似乎就在余韵中结束了。

傍晚时分，有人留言说见过弹吉他的出租车司机。副驾驶上放着木吉他，每次等信号灯时都会弹唱经典老歌，前面的头发已经花白的出租车司机。不过每段留言提到的故事都不相同。为了寻找因为父母反对而分手的初恋，为了寻找离家出走的儿子，为了寻找因为贫穷而从小被人领养的小弟弟……有人像我一样，为了把歌听完而多付车费，有的只是想帮助他而随手给他些钱，更多的人不肯收他找回的零钱。反对留言和抗议电话接踵而至，最后不得不发文道歉，撤回原来的报道。

我给留言的网友发邮件，向私人出租车工会咨询，辗转出租车停车场四处打听，还是没能找到他。当时为什么没想到记下他的车牌号呢？现在我也没有什么办法，可我不知道他为什么要这样做。我心疼自己为他花费的时间和金钱，也为自己写了假报道而气愤，同时更感到羞耻。不论是否属实，我把别人的不幸当成了令人心疼的故事加以传播。

我的父亲是个有能力、亲切而又彬彬有礼的人。或许是这个缘故吧，身穿西装的中年男人流泪哽咽的样子，我在父亲的葬礼上第一次见到。从来没让后辈帮自己买咖啡；即使关系亲密也经常用职务做称呼，使用敬语；即使对方是下属员工，也常常主动打招呼。听着他们说起这些往事，感觉他们记忆中的父亲和我记忆中的父亲截然不同。

白手起家的父亲无法理解平凡的女儿们。尤其对我这个大女儿，父亲寄予了很高的期望。如果他的期待未能得到满足，那么他会毫不犹豫地对我施加惩罚。每次考试我都会挨打，成绩下降多少就挨多少打，小腿变成青紫色，初秋时节就要穿上黑色长筒袜。废物、垃圾、饭桶，这些话我都习以为常了。父亲葬礼期间，我一滴泪都没流。

我明明知道暴力有时是多么隐晦，会留下多么深的伤口，但我还是写了那篇报道。那些流传于世间的众多温情、新奇，令人惋惜、流泪的故事，又有谁蜷缩在背后？我讨厌自己的疏忽和无情。从那之后，我再没有写过报道，仍然在寻找那夜的出租车司机。

（选自中信出版社《她的名字是》）

闪小说的表达：情节与情态

以美国作家莉迪亚·戴维斯的三篇闪小说为例。看一看别致的闪小说的表述方式。

闪小说有很多称谓。美国流行称呼闪小说，拉丁美洲则叫微小说。还有称瞬间小说、纳米小说、超短小说、迷你小说，也被称为闪电小说，突然小说。同一个对象多个名字，不足为奇。有几个国家联合举办过世界迷你小说大会，英国竟确定了一个"全国闪小说日"。国外一些大学还将其纳入创意写作课程，甚至改编为微电影、微动漫。

不妨将这种小说放在当下数字化、网络化、碎片化的时代背景中去，那么，会看到，我们认知现实的方式、阅读文学的方式和创作小说的方式，已经发生了深刻的变化。作为碎片化标志性的文本——闪小说，仿佛恰逢其时。焦点转移、稍纵即逝、难以捉摸、不了了之，现实既"碎"又"微"，这也是我的感觉。哲学有句名言：小的是美好的。套用过来，小的微型小说是美妙的。但小的也是危险的，不容易处理。譬如现今许多闪小说，仅在故事情节上滑行，有明显的"骨感"（情节），而缺乏"肉感"（情态）。写什么，怎么写，是闪小说面临的问题。【问一：就"骨感"和"肉感"而言，你写闪小说倾向什么感？】

闪小说还有一个极端，是一句话小说。比如，考古中发掘出一块古埃及石板，上刻有：约翰出门去旅行。是留言条，还是告别信？是文件，还是宣言？若放在历史背景中，可知，古埃及没人能够随意离开自己居住的地方，很封闭很固定。那么，约翰是探险家，还是叛逆者？其离开就有意味了。含有小说的基本元素，逃离或寻找是小说的母题。权且视为最古老的闪小说吧。起码，提供了一个读者想象的空间，与写得满相对立。而且，小说是个自由的文体，既有微妙性，又有颠覆性。

2013年5月22日，第五届布克国际文学奖颁给了美国作家莉迪亚·戴维斯。理由是：她是极具原创性的作家，她的文学作品充满了机智和警觉，给读者以极大的想象空间。《纽约客》杂志评价其作品"在美国写作领域是独一无二的，它结合了洞察性、格言式的简洁性、形式的原创性、淘气式的幽默感、形而上的无望感，哲学式的压迫感以及智慧"。布克奖，一向奖给长篇小说作家。戴维斯的小说多为闪小说，很多篇是一句话小说。她的获奖，也是对此文体的肯定。呼应了契诃夫所言："小狗不应该因了大狗的存在而心慌意乱；所有的狗都在叫，各自用上帝赐给它的声调叫。"我引用此话，是说戴维斯的闪小说声调独特。

戴维斯2005年当选为美国艺术科学院院士，现为一所大学的创意写作教授——写出这个背景，我是想说：写小说可以教。怎么教是另一个层面的问题。【问二：你参加过微型小说培训班（学校）吗？对你写微型小说有何启发？】

我关注戴维斯，还有一个原因，她的前夫是美国作家保罗·奥斯特，我读了他多部长篇小说，还是喜欢他的《红色笔记本》，那是由微型小说的碎片组成的自传性短篇小说集，切入角度是巧合。我的小说《红皮笔记本》，原为同名，不得不绕过经典，将"色"改为"皮"。阅读的好处，是知道回避经典。

戴维斯的微型小说集，国内已出版三部。我在《几乎没有记忆》中选出《鱼》，在《困扰种种》中选出《多么困难》，在《不能与不会》中选出《狗毛》。抽取样本带有随机性，翻出目录中我留下的阅读记号，决定：就是你了。不去分别动物和人物。阅读是另一种人生。

《鱼》是否小题大做？几乎每个人都有过吃鱼的经历。戴维斯就是善于在我们司空见惯的生活里发现不同，按布克奖评委主席克里斯多弗·里克斯的说法是：让人警醒，一记当头棒喝。

这是一个人和一条鱼的关系。一条正在大理石上冷却的鱼，被除了鳞、剔了骨，而且，是一条已被煮熟的鱼。戴维斯叙述那个人视角中的鱼时，是逆向着写，先写被煮熟，再写剖鱼。这样颠覆了习惯的顺序，使我想到那是一种回忆——反省式的回忆。

然后一转，说是"被以最终极的方式冒犯"。最终极就是死亡。接着，又是个"被"：被这个女人用厌倦的眼神看着。这两个"被"，是被动，仿佛有着超然的视角在注视着那条鱼和那个女人。日常生活中的平常事，就有了异常的意味。

这种回溯式的关注，是反省，已非"小题大做"了，这个认识到"她犯下了一天当中最新的一个错误"。且不说旧错，而"最新"有小说意义上的新意，关乎死亡，日常生活中的死亡：小小的危险，大大的冒犯。由此，颠覆了我们习以为常，理所当然的定式。我想到禅宗的顿悟，确实是"一记当头棒喝"。

《狗毛》，写了一家人和一条狗的关系。叙述和视角由第一人称的复数——"我们"打开。开宗明义："狗走了。我们很想念它。"接着写门铃、等待。显然狗不再回来。那么"我们"用什么方式想念狗？捡起家里衣服上的狗毛。肯定了，又否定：该扔掉。转而又肯定：不愿扔掉。那是仅剩的与狗有关之物了。这样，就建立起人与狗的关系，进而，又发生了一个疯狂的愿望，收集足够的狗毛（注意，为了不让词语重复，作者用了白毛、毛发），就能把狗拼凑回来了（不说"起来"，而是呼应开头的离开，可见从全局使用细节：词语）。狗与毛，是整体和局部的关系，毛代替不了狗，但是由于想念，就拼凑毛代替狗，却生成荒诞意味：明知毛非狗，但以毛代狗。

戴维斯的微型小说，均是日常生活中发生的事情，她写人们都经历过但没觉察到的平常物事，这正是作家应当做却也难做到的。其实，日常生活最难写。很多人，已对日常生活麻木了，迟钝了。【问三：你与动物相处过吗？你有怎样的反应和做法？能否试着发现记忆中的印象最深的小动物，写出一篇闪小说？】

随着年龄的增长，我越来越感到人与人沟通交流的困难，其中多有误解、误看、误读。一个人就像一部书，常常读了多年还读不懂，包括读自己。而读小说也存在着误读，一本经典，不同的时期读，也会读出新意。《多么困难》写了母女之间的关系，仿佛隔了一道无形的墙，其中有定性和判断，比如母亲说"我是一个自私、粗心、不负责任的人"。母子关系也可引申为其他人与人的关系。【问四：为什么会出现母女交流"多么困难"的情况？】

总之，阅读戴维斯的闪小说，虽说缺乏"骨感"（情节），但有"肉感"（情态），能看出肌肤里微妙的神经与血脉——那意识的皱褶和情感的波纹所构成的情态。时不时能感到其中有灵光一闪。它会电击读者习惯的思维和概念。套用很多人用过的一句话（小说还能这样写）：闪小说还能这样写？！

附文

鱼（外两篇）

[美] 莉迪亚·戴维斯 著　　吴永熹 译

她站在一条鱼面前，想着她今天犯下的某个不可挽回的错误。现在这条鱼已经被煮熟了，她独自一人面对着它。这条鱼是给她自己做的——房子里没有其他人。但她这一天非常不顺。她怎么可以吃掉这条正在一块大理石上冷却的鱼呢？而且这条鱼，同样地，这样一动不动地，被除了鳞，剔了骨，同样从没有像现在这样如此全然处于孤独之中：被以最终级的方式冒犯，被这个女人用厌倦的眼神这样看着，因为对它做了这件事，她犯下了一天当中最新的一个错误。

（选自中信出版社《几乎没有记忆》）

多么困难

许多年来我母亲一直说我是一个自私、粗心、不负责任的人，等等等等。她为此经常很烦。如果我和她争辩，她就用手捂住耳朵。她想尽办法改变我，但这么多年来我都没有变，又或者说如果我变了我也不能确定，因为我的母亲从未说过"你不再是一个自私、粗心、不负责任的人了，等等等等"。现在我会对我自己说："为什么你不能先想着别人，为什么你不留心你在做什么，为什么你不记得需要你做的事呢？"我为此很烦。我很理解我母亲。我是一个多么难相处的人啊！但是我无法对她说这些，因为就在我想对她说的时候，我又在电话的这一头，挡在我们两个人中间，听着她的话，随时准备为我自己辩护。

（选自中信出版社《困扰种种》）

狗毛

狗走了。我们很想念它。门铃响起时，没有吠声。我们回家晚了，没谁在那里等着我们。我们在家里、在我们的衣服上还能到处发现它的白毛。我们把它们捡了起来。我们应该把它们扔掉的。我们有一个疯狂的愿望——只要我们收集到足够的毛发，我们就能把狗拼凑回来了。

（选自中信出版社《不能与不会》）

荒诞意味：马莱巴孩童般的天真思维

有位文友写微型小说，一直以写实为主，他尝试荒诞。我看了几篇，摇头。他问：那么，荒诞小说该怎么写？

我把微型小说分为两类：走和飞。荒诞属于会飞的小说。怎么飞？要有孩子般的天真。就是作家要有一颗童心，天真、有趣。但我所见的荒诞小说，成人的世俗气过于浓重，随心所欲编织情节。

小说是"真实的谎言"（略萨语），而非虚构的谎言。而荒诞微型小说，也有自洽自足的文学逻辑。

怎么考量儿童的天真，文学的逻辑？以意大利作家路易吉·马莱巴的微型小说为例。这里选择他的作品集《忧心忡忡的小鸡》中的《形状似马的影子》《招待员的梦》和《里科的眼睛》。

马莱巴于1927年出生于意大利北方的贝尔切托。他曾于1980年、1989年两次访华。自序里他说："中国那么大，而意大利这么小。我想象中国的房子，中国学校里的课桌与书本，相应的一定都非常非常大。也许某些中国的孩子会反过来想象地图上的意大利版图那么小，那么，按比例来算意大利相应的一定很小很小。幸好后来发现事情并非如此。"

他的思维充满了孩童的天真。一个作家的思维、视角，往往在童年就已奠定。我从小在塔克拉玛干沙漠生活，我的血液里流淌着魔幻。马莱巴的那段话，使我想到了博尔赫斯的《双梦记》，东西方不也误看"在那遥远的地方"的对方吗？相互梦对方的宝藏。马莱巴写的一群鸡（126个鸡的小故事），就有两只中国鸡。

一只北京母鸡为了不跟一只北京种的狗混淆，就在鸡爪上系了一条带子以示区别。还有一只想去中国的母鸡到达遥远的中国，先确定基本方位，其实她一直在自己的国家转悠，费尽周折，于是，她打消了去中国的念头。这有马莱巴自己的影子。他访华后说，简直恨不得自己也能成为中国人。

马莱巴是意大利先锋派作家，其小说幻想性与现实性、荒诞性与真实性，相互交融，形影相随。属于同为意大利作家卡尔维诺所倡导的——以轻逸抵达现实之重。可见先锋是一种精神，一种思维。先锋并非玩"形式"。

荒诞小说的飞，就是以轻示重。其中起决定作用的是作家的思维和视角，就像里科的眼睛。

《里科的眼睛》，作为成人，里科却有孩子般的眼睛，因为，他看事物——村子里的灯，已不是常人所见的灯光，而是圣母和圣人头上的光环，甚至，看成发光的钟盘，钟盘上读到的时刻和实际的时刻不相符。他读报，老看错字，还按自己的意愿改动，这样，就读出了与众不同的效果，他把坏消息转化为好消息，他活得很高兴。

不过，朋友们都劝他戴上眼镜，因为他眼睛有毛病，他买了眼镜后，再也看不到星星的光圈，报上的消息也令他不安，他把眼镜丢入湖底，却失足掉入湖中，钻下去之前，他仰望夜空，最后一次"看了一眼双层的月亮和带有光圈的星星"。

同一种事物，戴或不戴眼镜，所见相反，又与心情与命运相关。与其说里科的眼睛有毛病，倒不如说朋友们的眼睛有毛病；与其说里科不戴眼镜，看见了神奇的光环，倒不如说，读者见识了小说发光的诗性。我称此为发光的微型小说。当然，现实与幻想，真实与虚假，在其中融为一体。【问一：报上读不到任何坏消息，所以他总是活得很高兴，如何理解里科的与众不同？】

每天早晨苏醒，我就忆梦。大多数人只是白天忙，我夜间也忙。所以，我很累，等于过着两种生活，做梦也累呀。《招待员之梦》里，那个叫山德罗内的招待员——跑堂，与我一样，他说："我白天干活，夜里也干活。"能不能做些别的梦呢？

高中时，我们几个同学出早操时，谈夜晚的梦，一个同学插进来问：梦是什么？我说：你不会做梦，没法跟你说，人生一大遗憾呀。意大利的那位招待员，在现实与梦境里都是跑堂，忙得不亦乐乎，众人还都责怪他，他忍受着，但在梦里，他不同的反应是：反抗、咒骂。

因为他白天晚上都跑堂，过着双重生活，他要求老板给他双份工资，即为梦里跑堂增加一份工资。小说的高手在此彰显出能量：再往深里掘进一笔——争取梦里得到报酬。

老板当然拒绝，他也自认倒霉——梦里白忙活。进而，老板发火。山德罗内面临着与梦境同样的境况。马莱巴贴着人物，取消了现实与梦境的界限，人物做出了梦境里的举动：反抗。打得老板住进了医院，他以为还在做梦。小说敞开结尾，没写打老板、丢饭碗，却可想而知。

马莱巴的微型小说，人物总会越过现实的边界，转入幻觉。而且，贴着人物的意向，往心灵深处掘进，从而在现实与梦境、真实与幻觉的关系中，生发出荒诞意味。【问二："每个城市里都有一个加里波广场，在山德罗内的那个城市也有一个。"怎么体会此话对全篇对人物的意义？】

我发现，马莱巴的微型小说里的人物有两个特点：一是，几乎都是过着双层生活，导致双重人格；二是，几乎都是一根筋式的人物，可贵的是，带着孩子般的天真。其实，对小说而言，一根筋式的人物"吃香"。比如，堂吉诃德大战风车，就是天真可爱，行为却荒诞。

《形状似马的影子》，也是真实与幻觉的关系：形与影。我好像遇到了知己，我念小学时，有一段时间，纠结身与影，没法摆脱自己的影子，走进蔽阳的墙下或树下，以为消除了影子，但重返阳光，影子又跟随着，甚至用刀砍也割不掉影子。

照常理，形与影同为一人。但是，《形状似马的影子》中骑手的影子，不是骑手，而是匹马，仿佛人与动物合为一体。小说的逻辑合理性在于：一是，人有动物性的一面，甚至，每个人物暗暗对应着一种动物；二是，骑手摔断了一条腿，他向往有一匹马，但得不到，影子形的马可视为愿望之达成。

马莱巴将影子写得符合马的形状，将虚写为实。骑手毫不惊奇，大概应和了他的愿望了吧？竟然对影子像对真的马那样建立了情感，进而（高手总会将形象推进一种极端），给影子取名为太阳。

"阴"的影子取"阳"的名字。注意，小说也顺带一笔：外人发现不了这奇怪的影子现象。以此，区别开了平常与异常。

又是进而——把形象推进一步。他觉得影子低头食草，并发现了影子的焦躁——要奔跑，于是，他骑上了影子——策"马"飞奔，再没回过家。就如同骑影子，他的去处也是虚空，按当下说法，那是诗意的远方。

【问三：虚与实、身与影的关系里，如何理解影子与远方的"虚空"？】

附文

里科的眼睛（外两篇）

［意大利］路易吉·马莱巴　著　　沈萼梅　刘锡荣　译

里科的眼睛有毛病，看什么都模糊不清，有时候他看到的东西都是双层的，他走路时，常常不是撞在墙上就是撞在别人身上，男人和女人都让他撞倒过。医生说他患有近视、远视和散光，总之，视力上所有的毛病他都有，而且他还有轻度的斜视。

"你最好还是戴上眼镜吧。"朋友们对他说。

但里科不听他们的劝说。夜晚时，他不像别人那样能看到明亮的星星，他只能看到几个亮点儿，四周是光线暗淡、闪烁不定的晕圈。

"我看到的景象比你们看到的星星美多了。"里科对那些劝他戴上眼镜的朋友们说。

当他看到夜间村子里的灯光时，也出现同样的情况：他看到的不是简单地亮着灯，而是画家笔下圣母和圣人头上的光环一样，光芒四射。有几盏大灯在他看来像发光的钟盘那样，里科甚至可以读出上面的时刻。要是他在那些钟盘上读到的时刻与实际时刻不相符，他也觉得无所谓，他心想，是什么时候就是什么时候，管他呢。他读买来的报纸也是同样的情况，因为他视力不好，老看错字，他就按照自己的意愿随心所欲地改动。这样他总是与众不同，从报上读不到任何坏消息，所以他总活得很高兴。

有一天，里科走路时一头撞在电线杆上了，于是，他上市场去给自己买了副眼镜。戴了几次以后，里科心里怪不舒服的。城里夜间的灯光就只是点点的灯泡，没有别的，天上的星星也不再有他不戴眼镜时所看到的那种奇异的光圈了，尤其是他所读到的报上的消息，使他感到很不安。

他抬头仰望天空，原来看到的双层月亮不见了，他感到十分伤感，索性把眼镜扔到湖底去了。在一个漆黑的夜晚，他走向湖岸，因一只脚没站稳而掉入水中。他不会游泳，他发现自己快要淹死了，但他在沉下去之前，眼泪汪汪地仰望着天空，他最后一次看了一眼双层的月亮和带有光圈的星星。

招待员之梦

山德罗内在靠近加里波的广场的一家饭馆内当招待员。每个城市里都有一个加里波的广场，在山德罗内住的那个城市内也有一个。他在工作时间里不断地前前后后跑堂，从饭桌跑到厨房，从厨房跑到饭桌，顾客们抱怨他，老板唠叨他，每到夜晚他又累又紧张，躺在床上整夜都做梦。可惜，他做的都是些令人不愉快的梦，他老是梦见自己在饭馆里，一整夜还得听顾客、厨师和老板的埋怨。在梦中，山德罗内鼓起勇气反抗，他大胆地咒骂顾客、厨师和老板。

这样，山德罗内早晨起床时，他感到比晚上干完一天活从饭馆回到家时还要累。"能不能做些别的梦呢？"他说道，"我白天干活，夜里也干活。"他对老板说，他应该得到双份工资，因为他夜里也干活，老板取笑他说，他应该为自己在梦里也能与顾客、厨师，尤其是与像他这样的一位老板在一起而感到欣慰。

"我算倒了霉了！"山德罗内说。

老板发火了，说了一大堆难听的话。这时，山德罗内似乎又梦见了老板，这一回他索性用拳头揍老板了，一直揍得他住进了医院。可是他搞糊涂了，他以为自己还是在做梦，但这恰恰是现实，他的老板确实挨了他的一顿揍，真的进医院去了。

形状似马的影子

普罗斯佩罗内是赛马中的骑手。一天，他不慎摔断了一条腿，人家把他解雇了。他没有钱为自己买匹马，只好瘸着腿步行走路。

普罗斯佩罗内住在罗马郊区的一间小房子里，他还有一个菜园子，本来他可以种些燕麦和萝卜饲养一匹马。总之，原先当过骑手的普罗斯佩罗内老是想着能得到一匹马，加上他没有妻子。他是个瘸子，姑娘们都不愿意跟他去，更不愿意嫁给他。可怜的普罗斯佩罗内是多么不幸呀。

一天他在阳光下行走，他发现自己的影子像一匹马。普罗斯佩罗内特别害怕。他担心自己也许是中暑了，生怕自己是疯了。这是常有的事，报纸上也经常读到这一类的新闻，由于中暑，有人变疯了，或者脑子里产生异样的幻觉，或者把自己身上的衣服都剥光，直到警察来把人带走，送进疯人病院里去为止。不过，普罗斯佩罗内的情况与别人不同，他压根儿没想到过要脱去自己的衣服，尽管天气很热，他总是看着自己的影子，觉得自己的影子形状老是像匹马：四条腿，长长的脑袋，消瘦的身躯。这可真是件怪事。他试着加快步伐来，影子一直跟在他后面，就是说，一直在他的身旁。当他瘸着腿走路时，形状似马的影子用他所有的四条腿走得很稳当，而且还小步跑着。

普罗斯佩罗内在一段时间内装得若无其事。每天，他都出去散步晒太阳，还不时漫不经心地看一眼他那形状像马的影子，他没把影子当回事，继续走他的路。人们走过他的身旁，没有发现这奇怪的现象。普罗斯佩罗内现在对他的影子已经习惯了，而且开始对它像对一匹真的马那样有了感情，他想这样也不错。他还给他的影子取名为"太阳"。有一次，他在卡帕内莱赛马中赢得头等奖的那匹马就叫这个名字。一想到他竟把一个影子叫作"太阳"，自己也不禁想笑。

一天早晨，普罗斯佩罗内一大早就像平时一样去草坪散步。阳光明媚，空气清新，饱含着露水的青草闪闪发光。他觉得影子低下了脑袋在吃草，而且他发现它还表现出某种不耐烦的样子，不时地表示想起步跑。尽管普罗斯佩罗内的一条腿瘸了，他也加快了行走的步伐，这时奇迹出现了，他看到的影子也立刻奔跑起来。这位昔日的骑士，此时也突然按捺不住自己了：他骑上他的影子在草坪上策马跑了起来。他朝离罗马很远的地方奔去，朝离他郊区的小屋很远很远的地方奔驰而去了。

有人说，看见有个人骑着马在山上奔跑。打从那天以后，普罗斯佩罗内没再回过家，认识他的人谁也没再见过他。

（选自安徽少年儿童出版社《忧心忡忡的小鸡》）

微型小说的空灵：有没有枪，枪响不响

我在塔克拉玛干沙漠边缘时，连队里有个老兵，捡回一只受伤的大雁，治疗期间，生怕它飞掉，就剪其翅羽。伤愈，羽丰，大雁却飞不起来了，因为它被喂养得肥重了。有趣的是，大雁体重减轻后，也习惯了跟着老兵走，能飞也不飞了。我写过微型小说《小兵孙大雁》，追忆那位老兵和大雁。

一篇微型小说就如大雁，体量与翅羽要相匹配，方能飞起。飞即轻逸。所谓体量，有两层意思：一是现实之沉重，但微型小说需要轻逸；二是微型小说的内容，不能过多过杂，讲究单纯、简约，包括叙述语言。

意大利作家卡尔维诺的微型小说（其短篇小说也是微型小说的写法：单纯的细节和人物），有个特点：单纯而不单调，尤其是情节的线条相当单一，但内涵却丰富，像我记忆中的大雁那么丰满。线条单纯而清晰，还带出了节奏，明快而紧凑。

《呼唤特雷莎的男人》（选自卡尔维诺小说集《在你说"喂"之前》）之单纯，一句话可概括：一群男人呼唤一个女人。

人类的基本成分是男人和女人。爱情、婚姻、家庭，是文学的母题。显然，《呼唤特雷莎的男人》超越了母题。呼唤中，上升到终极的呼唤。是对美好的向往，还是对缺失的寻找？特雷莎是一种符号，还是一个象征？男人们是盲目地从众，还是热情地追求？这就是线条单纯中的内涵丰富。好的微型小说总有多解性。一千个观众眼里，有一千个哈姆雷特。

第一人称的叙述，与读者建立一种亲切的代入感，同时，又由"我"的呼唤将别人带入。起初，另一人加入，是为了加强音量。接着，路过的一小群朋友也帮助"我们二人"呼唤，随后，又有几位路过的人也加入，"一刻钟之后"，差不多有二十来人了，陆陆续续又有几个新人到来。这种短时间创造的呼唤效应，迅速扩大阵容，起码，读者会感到：热心相助，团结一致。一幅一方有难八方支援的景象（此"难"是为难或难处）。关键是，没人组织、发动，竟然自觉集结，像志愿者。而且，还有口令，讲究音调、协同齐声。甚至，有人走调时，引起几声争吵，目的是形成协调一致。但是，那呼唤的对象，千呼万唤不出来。

契诃夫关于戏剧技巧有一个观点："如果第一幕您在墙上挂了一管枪，那么在最后一幕里就得开枪。要不然就不必把它挂在那儿。"对枪的细节处理，其实涉及一个重要的小说观念。比如欧·亨利的小说，先铺垫、渲染，设下悬念，结尾必要铺开，往往反转——有枪必响。而且，欧·亨利采用全知全能的上帝视角，所谓的意外结局，由其掌握。不过，当今的小说已发生变化，其标志是有枪不响。现实生活也给我们以启示：有没有实枪，枪响不响？还有多种可能性，不过，不再严格遵循有枪必响的逻辑了。

五分之二的篇幅里，卡尔维诺也是铺垫渲染，营造悬疑——特雷莎是怎么样一个人？她在不在家？与"我"是什么关系？

特雷莎作为一个名字，相当于契诃夫所说的枪，她出来，就相当于枪响。《呼唤特雷莎的男人》，特雷莎非但不出来，而且，还是个实际不存在的人。

所以，众人也猜测，也询问，但是，发起呼唤的"我"，竟然也不知道。由此，惹怒了众人，同时，也颠覆了传统的小说观念：那是虚幻的枪，虚幻的枪不可能响。卡尔维诺把存在的前提——枪也给颠覆掉了。呼唤一个不存在的特雷莎，是"我"戏弄众人，却没号召；众人恼怒也很自然，却是自愿加入。怪谁？

注意，纵然无名无姓，只是其中四个人的特征：长着雀斑的人和长着龅牙的人，还有一个和善的人和一个很固执的人。以局部特征代替整体，模糊了整体形象。竟然由一个和善的人发起最后一次呼唤。这是已知不存在特雷莎的时候的举动，众人仍保持声调一致，已不在乎是不是实有，转入虚空了。仅点出"这次喊得不好"。

卡尔维诺还把"虚空"推进一步，"我"离开了，仍能听见一个声音在呼唤。此作，由"我"，发动呼唤，最后形成了惯性，如同机器被发动，就自行运转了。结尾点了一笔：一个很固执的人，还留在原地呼唤。卡尔维诺用了"固执"来定性那个人。其实，"我们"不都很固执吗？我将此视为一场呼唤运动。那么轻而易举就发动起来了，热烈而又执着（固执的同义词）。

《呼唤特雷莎的男人》与荒诞戏剧《等待戈多》有异曲同工之妙。呼唤是另一种等待。特雷莎与戈多，均为不存在但又期待出现的人。【问一：你有过等待一个幻觉中的人的经历吗？】

当代微型小说，讲究叙述的节奏。节奏是作家思维的波浪，是人物言行的动态。【问二：呼唤与节奏的关系，在此作中如何体现出来的呢？】

现在的许多微型小说，写得过实过重，密不透风。微型小说讲究虚实结合，即，轻重的平衡。轻是飞起来的那一部分，换个词是形而上，可以大雁的翅膀做比喻。轻也是一种虚，有了轻或虚，微型小说就空灵了。卡尔维诺预测未来微型小说的趋势时，首推了轻逸的文学理念。【问三：《呼唤特雷莎的男人》如何创造出微型小说的空灵？作品中的"我"答："我们也可以呼唤另一个名字，或在另一个地方呼唤，这没多大关系。"此话如何理解？】

卡尔维诺将这个系列的小说称为"极短篇"，还有个前缀，就是寓言体微型小说。他对此类微型小说有个说法："寓言（微型小说）诞生于压抑的时期，当人不能够清楚表达其思想时，就会寄情寓言。这些反映了法西斯统治时期，一个青年的政治和社会经验。"不过，后来卡尔维诺的小说都带有寓言性。比如《祖先三部曲》，使我想到拉丁美洲的爆炸文学，在专制和独裁的统治下，作家采用了寓言的表达方式写小说。法国有一个流派是寓言派。不同民族和国度，小说不约而同采取寓言的表达方式。寓言体微型小说，有别致的视角和逻辑，对比阅读《伊索寓言》等。

【问四（说到此，我想到谐音，四与死，且排除"寓意"，我提醒自己别把问题问"死"了）：寓言与寓言体微型小说最显著的区别是什么？】

附文

呼唤特雷莎的男人

［意大利］卡尔维诺　著　　刘月樵　译

我从人行道上走下来，倒退了几步，同时眼睛向上张望着，站在马路的中间，我把双手放在嘴边，拢成喇叭筒状，然后对着楼房的最上面几层喊道："特雷莎！"

我的身影害怕月亮，它蜷缩在我的双脚之间。

走过来一个人。我又呼喊："特雷莎！"那个人走到我跟前，说道："如果您不更使劲叫的话，她听不见。我们俩一起试试吧。那么，我数到三，我们一起喊。"他说道，"一，二，三。"然后我们一块儿高声喊叫："特蕾——莎！"

走过一小群朋友，他们是从剧院或从咖啡馆回来的，看见我们二人在喊叫。他们说："快，我们也帮你们喊一声。"他们也走到马路的中间，原来的那一位说出："一，二，三"，接着所有的人便齐声喊道："特——蕾——莎！"

又有几位路过，也加入了我们：一刻钟之后，我们已经聚集了很多，差不多有二十来人了。时不时，又有几个新人到来。

组织大家喊得整齐，并不容易。总会有人在喊"三"之前就已开始，也有人拖得太长，但最终我们做得很不错。大家达成一致："特"字要喊得低而长，"蕾"字要喊得高而长，而"莎"字要低而短。这听起来很棒。大家只是在有人走调时，争吵几声。

大家已经开始协调一致了，这时有一个人——从声音上判断，应该脸上长满雀斑，问道："您真的肯定她在家吗？"

"我不肯定。"我回答。

"那就糟糕了，"另一个人说，"忘了钥匙，对吧？"

"实际上，"我说，"钥匙，我是有的。"

"那么，"他们问道，"您为什么不上去？"

"我不住在这里，"我回答道，"我住在城市的另外一边。"

"那么，请您原谅我的好奇心，"听起来像长着雀斑的那位小心谨慎地问道，"谁住在这里？"

"我真的不知道。"我说。

人们听到这话，有些不安。

"那么您是否可以告诉我们，"听起来像是长着龅牙的一位问道，"您为什么站在这下面呼唤特雷莎？"

"对于我来说，"我回答，"我们也可以呼唤另外一个名字，或者在另外一个地方呼唤。这没多大关系。"

其余的人有点被惹怒了。

"您不会是跟我们开玩笑吧？"长着雀斑的那位怀疑地问道。

"说什么呢？"我愤恨地说道，转向其他人，确定我的诚意。其他人沉默不语，表示他们没有明白我的暗示。

出现了尴尬的一刻。

"哎，"一位和善的人说道，"我们可以再最后呼唤一次特雷莎，然后我们就回家。"

于是我们又喊了一次"一，二，三，特雷莎！"但这次喊得不好。然后，人们各自回家，有的往这边去，有的往那边去。

我已经拐进了广场，这时我仿佛仍能听见一个声音在呼喊："特——蕾——莎！"

某个人一定还留在原地呼唤。一个人很固执的人。

（选自译林出版社《在你说"喂"之前》）

光的故事：传或引

"光"是蜡烛发出的光亮。蜡烛是过时的物件，已被电灯替代。文学某种意义上是回忆过去，过去包括童年。

如果把童年比喻为小孩的话，每个人心中都住着一个小孩。那么，一个作家与心中的小孩——童年的关系，我认为有三种：

第一种，作家迷失了，丢失了那个小孩，或者说，小孩如捉迷藏一样，藏得过于隐蔽，作家毫无察觉。

第二种，小孩藏得过于隐蔽，以至于作家以为小孩不在，得由别人来唤醒或召唤。

第三种，小孩一直陪伴着成为大人的作家在成长，倒是天真的小孩引领着大人前行，那个大人也像个小孩。这样的大人多为儿童文学作家。甚至他一开口，能唤出我心里住着的小孩，仿佛刹那间我也变成了小孩。

我一直想写一部关于小孩的书，像《小王子》（沙漠里飞机出故障，冒出了个"小王子"，我在沙漠待过，也冒出过幻觉、幻视、幻听），唤醒人们心中的那个小孩。两个关于"光"的故事也是：日本作家新美南吉的《一束火苗》和美国作家辛格的《光的力量》。这两种"光"是蜡烛发出的光亮。蜡烛是过时的物件，已被电灯替代。文学某种意义上是回忆过去，过去包括童年。

艾·巴·辛格是1978年诺贝尔文学奖获得者，美国的犹太作家，其小说里有丰富的犹太元素，故事之树的根系都深深地扎在犹太文化丰沃的土壤里。我把辛格放在上述关系的第二种中，因为他说，"我从来不相信我能为小孩子写作"，他也从来没有过这个念头。"不过编辑常常比作家更知道作家"。那位编辑不但认定他能为小孩子写作，而且久久地盯住他不放。于是，辛格写出了《给孩子们的故事》。这个集子里，许多篇都出现了蜡烛——那是个蜡烛时代。写作是唤醒自己心中小孩的过程，写给曾经是小孩的大人。

《光的力量》里，两个小孩子躲在华沙犹太人区废墟的地下室里，男孩叫大卫，十四岁，女孩叫丽贝卡，十三岁。冬天的寒冷，纳粹的迫害，地下的黑暗，构成了两个孩子生存的困境。女孩明白"只有死路一条了"。最冷的一天，男孩出去寻找食物，女孩已不知是白天还是黑夜了。男孩带来了一个惊喜，宝贝一样的蜡烛和火柴。于是，几个星期以来，女孩第一次真正看清了男孩——那么脏。但是，男孩的眼里闪烁着快乐的光。失去双亲的两个孩子，看见了"一点希望之光"（蜡烛和眼神），女孩突然有了求生的勇气。两个孩子由地下水道开始逃离（能听见地面的有轨电车的当当声），逃离华沙，在村庄遇上了救援犹太难民的游击队，当晚游击队员点了八支蜡烛，他们在危险的环境里玩起了陀螺。后又乘船，穿过几个纳粹控制的国家，他们是第一批到达圣地——以色列的难民。后来，两人结婚生子。

丽贝卡忘不了大卫带回地下室的那支小蜡烛。她说：那支蜡烛的亮光唤醒了她求生的渴望和勇气。

这就是光的力量。现在的一些儿童文学有意回避苦难、黑暗。一些成人题材的小说，纯粹写苦难，像是比残酷。关键是写出苦难的同时，还要包含着希望：黑暗中有光明。《光的力量》里，女孩已丧失了生的希望，但是男孩找来"光"，唤醒了女孩生的希望——地下室里的蜡烛照亮了她的一生。蜡烛这个物件，既是物质，也是精神。

我的理解是，辛格终于唤醒了自己的童年，同时，"光的力量"也照亮了他的作品。读了经典作家的作品，我能感到其中的孩子气——可贵的天真和好奇。就作家与童年的关系上，套用鲁迅的呐喊"救救孩子"——在世俗的物欲之中，救救大人。其实，是救救大人心中住着的那个孩子，并启用孩子的方式救救我说的第一种大人。

新美南吉属于我上边所说的第三种作家。他被誉为"日本的安徒生"，仅活了二十九个年头，三十岁生日前夕，他匆匆离开了人世。其儿童小说，本身就是"一束火苗"。我们习惯领着孩子走，可我觉得，新美南吉是真诚地跟着孩子跑，而且主要在乡村。

《一束火苗》，可分为实虚两个板块。实就是现场"我"的行为，虚就是想象"火"的去向。

山脚下的小村子，小店只卖灯笼和蜡烛。一天夜里，一个牛倌不仅买了这两样东西，还要求"我"这个小孩帮他点亮。百余字写实的部分，有三分之一写了"我"这个小孩，"还没划过火柴"，却战战兢兢点亮了蜡烛的一连串动作的细节。这意味着生意并不好，家境拮据——穷人的孩子早当家，还有小山村对光的需求：照亮夜路——为夜晚还讨生活的山民。新美南吉把这些都省略了，让读者去补充、留白，从而保持小说的单纯。单纯而非单薄。作家并不忽略纯朴的礼节，牛倌先后说了"娃子，对不住了""呀，谢谢"，整个卖与买，侧重用动作表现"点亮"。点亮的灯笼挂在牛的侧面，走了。

剩下"我"守店，于是转入虚——展开关于"火苗"的想象。小孩想：我点亮的火，会到什么地方去呢？有一个字可得要留心：会。接着是一系列的想象，由"会"引发：火苗随牛倌翻山越岭，会遇上别的村子的过路人，过路也许会借火，而过路人也许遇见许多拿着锣和鼓的人（人们在寻找一个被狐狸骗走的小孩），借火点亮灯笼，甚至，会点亮长和圆的灯笼。山里的夜晚，经由小孩的想象热闹起来了。

"会"，是可能、也许。小山村里小店铺的一个小孩，平静的山岭，由其想象热闹非凡。这种"会"（可能、也许）的想象，实在是建立在现实基础之上，因为我读出，这个小孩对生活对山村已很熟悉了。小孩知道大人们生活的艰辛，但是仍保持着小孩独特的视角，生活之重由想象之轻抵消了——想象大人们借了火苗，点亮了灯笼，寻找被狐狸骗走的小孩。置入了小孩独有的想象：童话元素。

我们有句话：星星之火，可以燎原。我用"传"替代"燎"。想象中的那一束火苗："一个传一个，一直传到很远的地方去了吧？"这是回忆的"我"，直到今天还想念着"一束火苗"的传承。小小的"一束火苗"在"传"的过程中"大"起来，那是博大的大。不妨延伸阅读新美南吉关于光的故事：《红蜡烛》《爷爷的煤油灯》。

《光的力量》和《一束火苗》，分别含有两种不同的元素：战争与和平、城市与乡村。但是，表达了人类普遍的相通的情感和向往，由小小的"光"来呈现。如果说《一束火苗》的主题词是"传"的话，那么《光的力量》主题词则是"引"，小小的蜡烛之光，引着小孩从黑暗笼罩之死奔向生之光明。珍贵的是蜡烛之光。

附文

一束火苗

[日]新美南吉　著　　周龙梅　译

当我还是个孩子的时候，我们家住在山脚下的一个小村子里。

我们家还是卖灯笼和蜡烛的。

一天夜里，一个牛倌来我们家买灯笼和蜡烛。

"娃子，对不住了，帮我把蜡烛点上吧。"牛倌对我说。

我那时还没划火柴呢。

我战战兢兢地抓着火柴杆的另一头，划了一下。顿时，火柴头着起了一团蓝色的火苗。

我把火凑到了蜡烛上。

"呀，谢谢了。"

说完，牛倌把点亮的灯笼挂在了牛的侧面，走了。

剩下我一个人了，我想：

我点亮的火，会到什么地方去呢？

那个牛倌是山那边的人，那火也要随他翻山越岭吧？

在山里，那个牛倌说不定会遇上别的村子的过路人呢！

那个过路人也许会说：

"对不起，把你的火借我用用吧。"说着，他就借牛倌的火，点亮了自己的灯笼。

后来，这个过路人就整整走了一夜的山路吧？

他也许遇见了许多拿着锣和鼓的人。

那些人说：

"我们村子里的一个孩子被狐狸骗走了，我们正在找呢。对不起，请给我点亮灯笼吧！"

他们会跟路人借火，把自己的灯笼点亮吧？会点亮长灯笼和圆灯笼吧？

后来，这些人就敲着锣鼓，到山谷里找孩子了吧？

直到今天我还想：当时我给牛倌的灯笼点的那一束火苗，一个传一个，一直传到很远的地方去了吧？

光的力量

[美]艾·巴·辛格 著 任溶溶 译

第二次世界大战期间，在纳粹把华沙犹太人区炸了又炸以后，有一个男孩和一个女孩躲在一个废墟里——男孩叫大卫，十四岁；女孩叫丽贝卡，十三岁。

当时是冬天，外面冷得要命。丽贝卡已经有好几个星期没有离开过他们藏身的地下室。地下室很黑，部分倒塌了。每隔几天，大卫出去一次找吃的。所有的商店都在轰炸中被炸毁，大卫有时候找到一些不新鲜的面包、罐头食品，或者埋着的其他东西。他穿过那些废墟回来是很危险的。有时候砖头和灰泥板落下来，他又很容易迷路。可他和丽贝卡如果不想饿死，他就得冒险。

这是最冷的一天。丽贝卡坐在地上，把她所有的衣服裹在身上，可还是不觉得暖和。大卫出去已经好几个钟头，丽贝卡在黑暗中竖起耳朵听，等着听到他回来的声音，同时心里明白，万一他不回来，她只有死路一条了。

忽然她听到沉重的呼吸声，一包东西落在地上。大卫回来了。丽贝卡忍不住叫道："大卫！"

"丽贝卡！"

在黑暗中他们拥抱亲吻，然后大卫说："丽贝卡！我找到了宝贝！"

"什么宝贝？"

"干酪、土豆、干蘑菇，还有一包糖果。我还要给你一个惊喜。"

"什么惊喜？"

"等一会儿告诉你。"

两个人都太饿了，不能长谈下去。他们狼吞虎咽地吃冻土豆、蘑菇和一部分干酪。他们各吃了一块糖，然后丽贝卡问道："现在是什么时候，白天还是黑夜？"

"我想已经到夜里了，"大卫回答说。他有一个手表，可以看出白天和黑夜，还可以看出星期几和几号。

过了一会儿丽贝卡又问："你说的惊喜是什么？"

"丽贝卡，今天是修殿节的第一天，我找到了一支蜡烛和一些火柴。"

"今天是修殿节？"

"对。"

"噢，我的上帝！"

"我来点修殿节蜡烛。"大卫说。

他擦了一根火柴，于是有了亮光。丽贝卡和大卫看他们躲着的地方——砖头、管子、不平的地面。他点亮了蜡烛。丽贝卡眨着她的眼睛。几星期来，她第一次真正看到大卫。他的头发乱糟糟的，脸上有一道道的脏东西，可他的眼睛，闪着快乐的光。尽管挨饿受苦，大卫长高了，他看起来比他的实际岁数更大，有一副男子汉气派。他们两个虽然那么小，但决定只要能逃出遭受战祸的华沙，他们就要结婚。作为证婚信物，大卫送给丽贝卡一个发亮的格罗申硬币，这是他们一起住着的大楼被轰炸那天，他在自己的口袋里找到的。

现在大卫对着修殿节蜡烛念感恩祷告，丽贝卡说了一声："阿门。"他们双双失去了家人，完全有理由生上帝的气，因为他给他们这么多苦难，可是蜡烛的光把他们的心灵带入平和。被那么多阴影包围的闪烁烛光似乎在无言地说话。邪恶还没有完全统治一切，仍存在着一星希望之光。

大卫和丽贝卡已经考虑过一段时间，想逃离华沙。可是怎么逃呢？犹太人区日夜被纳粹监视，每一步路都是危险的。丽贝卡一直推迟他们逃走的时间。她常常说，夏天逃走会容易些，可是大卫知道，按照他们这样的处境，他们没有希望维持到那个时候。在森林里的什么地方，有叫作游击队的青年男女在和纳粹侵略者战斗。大卫要到他们那里去。现在，由于修殿节蜡烛的光，丽贝卡忽然觉得重新有了勇气。她说："大卫，让我们离开这里吧。"

"什么时候？"

"在你认为合适的时候。"她回答说。

"合适的时候就是现在。"大卫说，"我有一个计划。"

大卫把他计划的细节向丽贝卡解释了很长时间。这计划比冒险还要冒险。纳粹用有刺铁丝网围住了犹太人区，周围屋顶上布置了卫兵，架着机关枪。夜里探照灯照亮了毁掉的犹太人区每一个可能的出口。可是大卫在废墟里走来走去时，发现了一条下水道的进口，他相信这下水道能通到另一边。大卫告诉丽贝卡，他们活下来的机会是很小的。他们有可能在脏水里淹死，有可能冻死。而且下水道里满是饥饿的老鼠。不过丽贝卡同意冒一次险：留在地下室里过冬意味着非死不可。

在修殿节蜡烛熄灭前开始毕毕剥剥闪动的时候，大卫和丽贝卡收拾好他们不多的东西。她把吃剩的食物用头巾包起来，大卫拿着他的火柴和一根铅管作为防身武器。

大都遭遇了巨大危险的时刻，人会变得异常地勇敢。大卫和丽贝卡很快就一路穿过废墟。他们走进一些通道，通道窄得他们只好用手和膝盖在地上爬。不过他们吃下去的食物和修殿节蜡烛，在他们心中唤醒的快乐给了他们勇气坚持下去。过了一些时间，大卫找到了那下水道的进口。很幸运，这条下水道冻住了，老鼠大概因为太冷也都已经离开。大卫和丽贝卡不时停下来休息一下，竖起耳朵倾听。过了一会儿，他们又继续慢慢地、小心地向前爬。他们爬着爬着一下子停了下来。他们听到了头顶上一辆有电车的当当声。他们已经来到了犹太人区的另一边。现在他们要做的就是找到路走出下水道，离开这个城市，越快越好。

那个修殿节之夜好像发生了许多奇迹。纳粹因为害怕敌人飞机，下令完全灯火管制，到处一片漆黑。由于太冷，那里盖世太保少了。大卫和丽贝卡终于出了下水道，偷偷逃出城，没有被捉住。天亮时他们来到了一座森林，在那里他们可以休息一下，吃点东西。

尽管游击队离华沙不太远，可大卫和丽贝卡还是花了一个礼拜才来到他们那里。他们夜里走，白天躲起来——有时候躲在谷仓，有时候躲在牲口棚。一些农民暗中帮助游击队和从纳粹那里逃出来的人。大卫和丽贝卡不时得到一片面包，几个土豆，一个胡萝卜，或者农民能给的东西。在一个村子里，他们遇到一位犹太游击队员，他是来为他的队伍弄粮食的。他属于抵抗卫军，一个派人从以色列到被纳粹占领的波兰救援犹太难民组织。这个年轻人把大卫和丽贝卡带到在森林中活动的其他游击队员们那里。这是修殿节的最后一天，那天晚上，游击队员们点了八支蜡烛。有几个人在一棵橡树墩上玩陀螺，其他人围着看。

　　从大卫和丽贝卡遇到这些游击队员这一天起，他们的生活变得像故事书里的童话世界。他们参加到越来越多的难民当中，他们全都只有一个愿望——到以色列去安顿下来。他们不是一直乘火车或者大汽车。他们靠两条腿步行。他们在马厩，在烧毁的房子，在能躲过敌人的任何藏身地方过夜。为了能到达他们的目的地，他们得横跨捷克斯洛伐克、匈牙利和南斯拉夫。在南斯拉夫海边某处，半夜里有一艘配备着抵抗卫军船员的小船在等着他们，所有难民连同他们很少的一点东西都给装上了船。这一切都是悄悄地、极度秘密地进行的，因为纳粹占领着南斯拉夫。

　　不过他们的危险远未结束。尽管已经是春天，大海汹涌，做这样的长途航行，这艘小船也实在太小了。纳粹飞机发现了小船，想要炸沉它，但是没有成功。他们也害怕潜伏在海底的纳粹潜艇。难民们除了祈求上帝以外也别无他法，不过这一回上帝好像听到了他们的祷告，因为他们终于安全地登陆了。

　　以色列的犹太人用爱心迎接他们，这爱心使他们忘记了他们的痛苦。他们是到达圣地的第一批难民，得到能给予他们的种种援助和安慰。丽贝卡和大卫在以色列找到了亲戚，他们张开双臂接纳他们。他们虽然已经变得十分憔悴，但基本上还健康，身体复原得很快。休息了一些日子以后，他们被送进一所特殊的学校，那所学校教外国人新希伯来文。大卫和丽贝卡都是用功的学生。读完高级中学，大卫进了海法的工程学院；以语言文学见长的丽贝卡在特拉维夫读书……不过每个周末他们都见面。到了丽贝卡十八岁时，她和大卫结了婚。他们在特拉维夫郊区拉马特甘找到了一座有个花园的小房子。

我知道所有这些，因为八年后的一个修殿节晚上，大卫和丽贝卡在他们拉马特甘的家里把他们的故事告诉了我。修殿节蜡烛在燃烧，丽贝卡在给我们大家煎土豆饼，要蘸着苹果酱吃。大卫和我在跟他们的小儿子玩陀螺。他们的儿子叫梅纳海姆·埃列泽尔，用的是他祖父和外祖父的名字。大卫告诉我，这个木头大陀螺就是那个修殿节晚上游击队员在波兰森林里玩的那一个。丽贝卡对我说："要不是大卫带回那支小蜡烛到我们藏身的地方，我们今天就不会坐在这里。那支蜡烛的闪光在我们心中唤醒了希望和我们还不知道自身拥有的力量。等到梅纳海姆·埃列泽尔大到能够明白我们所经历的事情，明白我们怎样奇迹般地得救，我们将把这个陀螺送给他。"

（选自二十一世纪出版社集团《给孩子们的故事》）

关于模仿：作家或人物的声音

  托马斯·伯恩哈德，被许多作家誉为"作家的作家"。伯恩哈德的闪小说，叙事风格相当别致，几乎是一句话——用一句话能替代需要用许多话表达的东西，严格说来，是一个句群。句群首尾相衔，团结起一个整体，句与句之间勾连得十分紧凑，环形递进，越缩越小，趋向圆心。在他的《声音模仿者》中，我们欣赏到了这种小说语态。

  文学层面上的模仿有两种。一是作家的模仿。琢磨一番中外小说史，会发现小说历史是模仿史。模仿这个词，换一个说法，是影响。创作得有谱系，经典作家也受前人的影响——不可避免地模仿，无非是弄出些新意而已。二是人物的模仿。比如，堂吉诃德就是一个忠实的模仿者。他痴迷骑士小说，而且付诸行动，不是骑士时代，他却执着于骑士精神，可悲可爱，勇敢而又滑稽，相悖的元素融为一体，战风车、假想敌。这在每一个时代都有，每一个人都是堂吉诃德。

  这里我想将讨论的范畴缩小为人物的模仿，更进一步，是声音的模仿。声音也是一种形象。我们听见某个声音，很容易想到某个人物。

  2006年，我主持一个刊物的名家讲坛专栏，曾讲过奥地利作家托马斯·伯恩哈德的闪小说，其中有一篇《声音模仿者》。此时，我莫名其妙想起了那个"声音模仿者"。因为，有几个声音超越时空集合一起，众声喧哗，我辨别出异样的两个"声音模仿者"。

  这两个"声音模仿者"是现实里的人物。第一个是我的文学朋友。20世纪90年代初，笔会频繁，我这个朋友特别擅长模仿，他模仿参加笔会的作家讲话，如果只听声音、腔调，会以为是他模仿的对象在讲话。后来，我听说擅长模仿的这位朋友很吃香了，因为他所在的小城，有的领导参加酒宴，点名要他到场助兴。他本来小说写得不错，频繁被邀请模仿，写就转变为说了，他的说——模仿得惟妙惟肖，确实助了酒兴，给别人带来享受，就像点菜一样，他也乐此不疲，然而，写作就废了。当然，还有其他原因。不过，当一个作家热衷于发扬"说"——表演声音，那么"写"就会弱化了。后来，那张嘴成就了他，他当了官。他在公开场合讲话，我总觉得是模仿另一个不在场的比他更大的官的声音。然后，他退休，成了沉默的人。

第二个则是外国的轶事。1918年马克斯·普朗克获诺贝尔物理学奖，其成就不亚于爱因斯坦。他获奖后身不由己，各种邀请纷至沓来，他频繁地奔波于各种高层次的场合，演讲他的研究成果，也算是一种科普交流。还专门给他配了司机，司机觉得自己很荣幸，也听他的演讲。听了若干场，司机有所发现，说：教授，我也是你忠实的听众，你每次讲的内容都一样，连标点符号也不变动，你实在太辛苦了，能不能这样，接下来到慕尼黑，让我代替你讲，你在现场养养神。普朗克说：你想讲，那就你来讲，我确实有点累了。到了慕尼黑一所大学的报告厅，司机登上讲台，他的记性特别好，滔滔不绝，跟普朗克以往讲的内容一样完整，节奏也把握得不错。司机欣喜自己还有这种潜能。讲完了，很过瘾，台下响起热烈的掌声，好像他就是获奖的物理学家。时间还宽裕，现场互动。一位教授举手提问题。一个非常专业的问题。司机大概过于投入，忘了身份或角色，只是回答不了教授的问题，不过，他微笑着指向在前排就座的普朗克，说："这个小小的问题，让我的司机来回答一下吧。"

这个人物——普朗克的司机，与《声音模仿者》里的人物，有异曲同工之妙，但他陷入了尴尬。我要暂缓分享《声音模仿者》，来谈一谈闪小说，因为《声音模仿者》属于微型小说中的这一个特殊的品种。小说前缀一个"小"——微型小说一般在1500字左右，但是闪小说，比微型小说还要"小"还要短。"闪"字颇为传神，像雷雨前的黑夜，一道闪电，照亮大地———个细节，击亮全篇。

2007年，国内"闪小说"兴起，近几年渐渐热闹。记得二十多年前《小说月报》辟了一个栏目，选载"百字小说"，前些年也有微博小说，规定140字。现在，国内有几个刊物专发闪小说，已形成小气候了。闪小说的字数一般在600字上下，它比微型小说通常的1500字（中国作协鲁奖的参评限定1800字内）大致上减半，半个世纪前美国就兴起了，称之为一个单页成就的故事。

闪小说的称谓来自美国，拉丁美洲则叫微小说。还有叫瞬间小说、一分钟小说、纳米小说、超短小说、迷你小说的。这种小说兴起的依据可概括为：高度的数字化、网络化、碎片化所带来的微生活、微文化，而微小说、闪小说则是这种文化现象应运而生的新型文体：简洁、浓缩。我认为，这既是世界观，也是方法论。日本作家阿刀田高视微小说为"有礼貌"的文体，我认同，可是又存疑。此前古今中外，若按字数的标准来论，已有一批作家的作品可以纳入当今的闪小说范畴，它有个强劲的谱系。中国有笔记小说，以及当代王蒙、阿城等的作品，而在国外，则有奥地利的卡夫卡、伯恩哈德，俄国的哈尔姆斯，意大利的曼加内利，匈牙利的伊斯特万以及2013年获布克国际奖的美国作家莉迪亚·戴维斯，还有乌拉圭作家加莱亚诺。暂且保留未列出的长名单。文体的兴起，背后的驱动，委实复杂，留待专家研究了。

现在，言归正传。《声音模仿者》并不长，记录如下：

"昨天晚上，做客医学外科协会的声音模仿者在应外科协会之邀于帕拉维奇尼宫表演之后，表示愿意同我们一起到卡伦山，那里我们一直有座艺术工作者之家，他在那里再次表演他的技艺，当然不是没有报酬的。这位声音模仿者是美国牛津人，但他是在兰茨胡特上的学，本来是贝希特加顿的造枪工人，我们请他在卡拉山不要重复演过的节目，给我们表演一些与外科协会演的完全不同的节目，就是说在卡伦山模仿的是在帕拉维奇宫没有模仿过的、完全不同的声音，他向我们这些在帕拉维奇尼宫对他的节目深表欢迎的观众做出了允诺。这位声音模仿者在卡伦山的确为我们模仿了与在外科协会模仿的完全不同的、在某种程度上都是相当著名人士的讲话。我们还可以要求加演，声音模仿者都乐意地满足了我们的愿望。当我们建议他模仿一下自己的声音时，他说，这个他办不到。"

托马斯·伯恩哈德有两部闪小说集，国内已有译本，《声音模仿者》是其中一本。当初我读他的两部集子，忍不住发笑。这个笑，是会意的笑，笑人物的同时，也是笑自己——阅读者，这是发出笑声的闪小说。伯恩哈德的闪小说，叙事风格相当别致，几乎是一句话——用一句话能替代需要用许多话表达的东西，严格说来，是一个句群。类似表达方式的还有德国作家博托·施特劳斯（其闪小说集《伴侣，路人》善于抓住瞬间展示一个生活侧面），德国、奥地利均为德语圈，其先驱或谱系可以追溯至卡夫卡。他们的共同特点为，启动一个长句，或说是一个结构严谨的长句，不分段，有着一气呵成的效果。遵循的创作原则是：用一句（简单句）道出许多不能用一句（复杂句）讲的话。二是，荒诞的质地，却透出喜剧色彩。正如博托·施特劳斯所言：我们必须把自己看成是遭天老爷大声耻笑的产物。

当今这个世界，是充满喧嚣的世界——你方唱罢我登场，各种声音都在显示或炫耀自己的存在、自己的权威，声声攀升。其中有一种典型的声音，就是模仿者的声音。我们不要以为这种声音很可笑，其实，既可爱也可悲。不妨自省，我们自己不也是"声音模仿者"吗？而且乐在其中。

《声音模仿者》写了一个擅长模仿别人的声音，尤其是相当著名人物的声音的声音模仿者，其实，他是声音表演者，像地道的小品演员。不仅仅在娱乐行业，竟然应邀做客于医学外科协会，各个行业各个领域，声音模仿者都受到欢迎，好像进入了模仿时代，而且所到之处，不能重复。他确实遵守了诺言，应和了听众的愿望，他还耐心、热情——听众就是上帝。不过，当建议他模仿一下自己的声音时，他说：这个他办不到。

这个有意味的结尾，伯恩哈德间接引用模仿者的话，不是用"这个我办不到"。而是用了"这个他办不到"，当然是"我们"的引用，但是，效果是"我"消失了——忘"我"了，出现另一个"我"——他。作家在叙述中，用的是第一人称，却是复数：我们。"我们"这个群体怂恿、鼓励、推动着声音模仿者的"那一个"，那一个却异化为"他"。因为，"他"唯独不能模仿自己的声音。这一点让"我们"扫兴。反过来看，模仿者模仿的是"我们"——"我们"听多了各种各样人的声音，别出心裁，要听模仿者模仿自己的声音：他坦白这个他办不到。不正是模仿者的可悲吗？

《声音模仿者》的叙述语言（与人物的行为相吻合，人物赶场子），可以归纳为盘绕，其形态，很似一条盘起来的蛇，而且这条蛇咬住了自己的尾巴。盘起来的蛇，又如迷宫状的蚊香，一圈一圈地套绕。句群首尾相衔，团结起一个整体，句与句之间勾连得十分紧凑，环形递进，越缩越小，趋向圆心。结尾的"这个他办不到"是个没有"心"的圆心，而且，圆心在盘绕的圆之外。这是典型的伯恩哈德式的叙述——有意味的形式，同时，也是内容。作为作家，他的目光很"毒"。我想，即使在这个短小的篇幅中，我仍然欣赏到了伯恩哈德的小说语态。

不妨试一试，抽出声音模仿者的"事迹"，用自己的方式和语言来写一遍，或再写一个你生活中熟悉的模仿者，然后对比一下，就能体会出高手的妙处，也正是小说的秘密。我阅读国内很多作家的闪小说，一般都写"事迹"的流程，而忽视，或说还没觉悟到，在短小的篇幅里——螺蛳壳里做道场，作家要发出自己独特的"声音"，其实很有讲究：有意味的形式和语言。而"事迹"（故事）的流程往往会流入俗套。《声音模仿者》的新意和独特，表达在最后一句话：这个他办不到。这句话，像一道闪电，由此，颠覆了前边所有的模仿。这也是作家的警示：作家要发出自己独特的声音。

回忆的一个盲点：汪曾祺小说意味着什么

这是一个多梦的年代，也是一个回忆的年代。梦想是一种展望的方式，也是对未来的回忆（科幻小说已提供了这种回忆）。然而，面向过去的回忆，则是一种怀旧。

怀旧是人类的基本情感。当我们怀旧（其另一个词是反思）时，要么我们已衰老，要么现实出现了缺陷。近两年，我频繁地见识文坛回忆有激情有活力的20世纪80年代，相当多的话题集中在"先锋文学"。不久前，雷默和我与马原邂逅，夜谈小说，我认同先锋文学的核心是小说的方法论的观点。而且，当年中国小说内在的生长已寻求顶开原有的意识形态的"石板"——这使我想到汪曾祺的一篇写点埂豆的随笔（我看是小说，二百余字）。一个老农，连田埂也不让它闲着，当他把豆点遍了田埂，还剩一把，他顺手掀开田埂上的一块石板撒进，过了些日子，他发现石板翘起，一掀，一群豆芽像一片小手托起了石板，于是用了一个惊叹词：咦！

先锋文学就像豆芽顶起"石板"。记得当年，我也囫囵吞枣、饥不择食地阅读过意识流、表现主义、黑色幽默、新小说、荒诞派、结构小说、魔幻现实主义等各种流派各种主义打旗号贴标签的小说。像是中国文坛掀起了一场"先锋"运动，就连小城，懂还是不懂，你不谈"先锋"，就意味着过时。似"文革"中风行一时的打鸡血。短暂的几年里，我们几乎玩遍了欧美半个多世纪的小说方法。其实，当时中国进行时的"先锋"，在别人那里已成了过去式。我毕竟经历过"先锋文学"的洗礼。现在的问题是：所有的小说技术，都被玩过了，我们的小说还能怎么玩？

当我们回忆20世纪80年代中期掀起的"先锋文学"浪潮（我总觉得

像一场小说运动），我发现，这种回忆有一个盲点。

马原、残雪、格非、孙甘露等作家没有被动员而不约而同地形成的"先锋"现象（我不把余华、苏童圈在其中），其实是顶开石板的文学潜意识，共同探求怎么写。

但是，从文学史的角度，一种文学潮流对后续的文学持续的影响上看，在回忆20世纪80年代的文学生态时出现的一个盲点是：汪曾祺。

历史是被发现的。对于小说而言，被发现是通过文本的被阅读。我从小的阅读，是有什么吃什么。《林海雪原》《红岩》等红色叙事，《艳阳天》《金光大道》以及样板戏，建立和强化了我的阶级斗争观念，好像到处都有"敌人"。我没有意识到什么被省略被遮蔽了。只是在偷窃所谓"封资修"的可怜的禁书时，略微感觉偷食"禁果"的好奇：还存在着另一种小说？改革开放前后，沈从文、钱锺书、张爱玲的小说相继"被发现"：过去怎么像不存在一样呢？怎么会被遮蔽得那么不留痕迹呢？

而"先锋"和"笔记"（我将先锋文学与笔记体小说简约为符号式的两个词），一开始就并置出现，伴随着我的文学成长，仅仅过了三十多年，"先锋"反复被发现，成了现在文坛的一个热议话题，但"笔记"被淡化了。这里有个视角问题，我们怎么发现（看待）"先锋"和"笔记"对中国文学的价值和意义？

确实，与先锋文学的作家群体相比，汪曾祺以及阿城，那一部分笔记体小说（阿城有一批精短的笔记体小说），势单力薄了。我还得谨慎判断随后的"寻根文学"与其某种亲缘关系。但是，汪曾祺注重的是：写什么？

小说应该有一种姿态：冒犯、颠覆。毫无疑问，马原等先锋文学和汪曾祺等所写的笔记体小说，各自用自己的方式颠覆了此前主导的文学。只不过，先锋文学凭借外力（主要是翻译过来的小说），从"怎么写"颠覆了过去的"怎么写"（所谓社会主义的现实主义）。汪曾祺的笔记体小说，是启用传统（中国古典文学）的方法，从"怎么写"颠覆了过去的"写什么"（宏大叙事）。均有开创性价值。对此，我还惊奇过：小说还能那样写？

现在回忆，先锋文学"形式就是内容"，拉丁美洲"爆炸文学"的一个启示，是外国的小说方法与本国的现实土壤的有机融合。我想，先锋文学的昙花一现，主要原因是，移植小说的形式之花，颠覆的同时，根系没有扎入丰沃的现实土壤。像文学的"二道贩子"？

汪曾祺的小说，则深深地从中国现实的文化土壤里拱出。而且，是以温情温和的姿态，颠覆了那个时代的霸道的文学习惯。如果从后世影响角度来观察，汪曾祺的持续影响更为绵长。

汪曾祺拥有许多粉丝。这并不意味着小说观念的落后。尤其针对当下许多小说精神苍白故事"空转"的现象。从这个意义上说，我认为"写什么"比"怎么写"更为要紧。写什么和怎么写至今仍是困扰许多作家的问题。阅读墨西哥作家安赫莱斯·马斯特尔塔（"穿裙子的马尔克斯"）的《大眼睛的女人》时，我欣喜地发现，为什么汪曾祺和安赫莱斯背靠背，没通气，却都采取同样的小说方法：笔记体小说。

当然，《大眼睛的女人》没有打出什么文学旗号，但是，安赫莱斯给38个女人赋予了最合适的表现形式，颇似汪曾祺的笔记体小说——内容本能地获得了贴切的形式。这有待比较文学去研究。

考量一种流派或一位作家在文学史层面的意义和价值，在过去、未来和现在的维度上，一是颠覆性，也就是在内容和形式上的新意；二是影响力，也就是持续地滋养着后来的作家。

汪曾祺的小说兼有两者。他用温和地颠覆开启了中国小说的一扇别致之门，并且，他用温情的表达，潜流般地影响了中国小说的走向。

我也是20世纪80年代的亲历者。现在，我把"先锋"和"笔记"置于同一等量的价值。但是，汪曾祺的小说的价值在我们的回忆中是个盲点。

　　我"生在新社会，长在红旗下"，不能"择食"而被动阅读。汪曾祺小说中的小人物，则相当于"文革"前被批判的"中间人物"。小人物一旦被批判，就在小说中隐退，把位置让给"英雄"。而且，汪曾祺写小说，像拉家常，还谦逊地说：我写了旧题材，只是因为我对旧社会的生活比较熟悉，有真切的了解和深切的感情。汪曾祺小说是旧瓶装新酒，激活了古典笔记体小说的方法来表达他熟悉的生活。

　　汪曾祺自在从容地用他的方式，从文化视角切入，颠覆了以"阶级斗争"为主导的政治视角。其实，同时代的伤痕文学也是采取政治视角。汪曾祺的小说中的文化视角，无意之中，穿越时间，融入了当代的世界文学。因为，冷战结束，两极的政治视角淡化，文化的视角已成为当今世界小说的主流。

　　现在，一般读者回忆，汪曾祺开了一代文风：表达日常生活中人物的趣味、朴实，写出了人性中的"灰色地带"。当时，汪曾祺这种写法弄得编辑很为难：你敢发表我的小说吗？

　　以近些年被许多作家、评论家频繁谈起的《陈小手》为例。汪曾祺几乎用一半的篇幅写接生风俗，大户人家、一般人家，生孩子怎么请接生婆，写出了一幅接生文化的图景和格局，然后，引出主角：陈小手。叙述像一张网，先撒后收。撒得开收得紧，那是一张风俗文化之网（其中包含礼仪文化），落在网中的是陈小手。汪曾祺注重往小里写：陈小手的小手。在老娘为主导的接生文化里，男性的小手是个异类。大户人家，到万不得已，才请他。陈小手不在乎文化的歧视。小说里写了他的从容淡定。

　　联军的团长不得不请陈小手。团长蛮横霸道，要他大人小孩都得保住。但团长仍讲究礼数：摆酒席、付报酬。可是，送陈小手上马，团长从背后"一枪就把他打下来了"。而且，打死了恩人陈小手，团长觉得怪委屈。团长异常在乎：我的女人，除了我，任何男人都不许碰，这小子，太欺负人了。

陈小手"活"了别人，自己却"死"了。俗话说：知恩图报，善有善报。这种因果链就此断裂——被颠覆了。

团长作为男人的这种占有欲，中外小说都存在过，这是人性中的阴暗，是宠爱的一种极端表达。

我多次听到几位作家或评论家欣赏《陈小手》，用的是政治视角去解读：团长的封建意识在作怪。

这种政治视角解读小说，我也常常领教。一度，翻译过来的欧美小说，译者在前言或后记中会提醒中国读者：这位作家难免有资产阶级的局限性。

过了多年，我意识到，中国没有经历过资本主义社会，我们怎么捡起"资产阶级"思想的帽子来扣？况且，我家庭出身还是贫农。出身贫农也没经历过贫农的生活，当时，还以贫为荣呢。回忆过去，像分析文本或素材，要找出其中的深度，许多人还是采用政治视角。汪曾祺独特之处就是使用文化视角。

同一个文本，同一种记忆，常常出现不同的解读。教育专家蔡栅栅在介绍分析中国、日本教科书中的鲁迅《故乡》时，就颇有意味。两国设置《故乡》的教学目标，差异明显。中国关注的是大，用大词，而且是政治角度，人与政治的关系，强调的是对待过去；日本重视的是小，用小词，是人生角度，人与环境的关系，突出的是对待当下，是被当作活用性的"处理人际关系"的范例来对待。

对比两国对《故乡》的不同教学目标，蔡栅栅说：如果说经典是能够照出当下的存在，那么课堂上的《故乡》，就是一个不能活血的"死经典"。解读汪曾祺的小说，以其价值，也有个"能够照出当下的存在"的问题。

当我们指出联军团长的封建思想根源，以为找到了小说的深度。但是，小说要落在当下，这种政治视角的解读就"隔膜"了。尤其80后90后，不知"封建思想"和自己的存在有什么关系。人性有着恒定性，常常超越视角、制度、国界、民族，这叫普适性。汪曾祺小说的价值和意义，放在二十世纪八十年代的背景里，是通过文化视角的表达颠覆了政治视角的固定模式。而且，是从小说内部进行的冒犯。

最近，我在一次小说讲座里，被问起对《陈小手》的叙述视角的看法，结尾一句：团长觉得怪委屈。问者认为是否多余，这是个判断句。

《陈小手》的叙事是全知全能的视角。开头就是："我们那地方，过去极少有产科医生。"用的是复数：我们。直到写来了联军，第二次出现"我们"——这个"我们"是见证者又是叙述者。其实，"我们"处处隐在字里行间。

结尾这一句，终于以判断的姿态"显露"：团长觉得怪委屈。"怪"这个词，很传神，人性之怪，扭曲了。可是，有的作家认定是"封建思想"之怪。我说：这样的视角解读，就低估了《陈小手》。这与选入教科书的《故乡》的遭遇相似。

中国传统文化里，"我"（个体）隐在，习惯以"集体"（我们）的名义出现。叙述者"我们"与陈小手这个"个人"形成对比。可以体味出叙述的个性风格，其实是"我"在叙述，只是以"我们"的姿态出面，个体微弱，集体强大——有说服的力量。是对过去的另一种"我们"的颠覆。

所以，"先锋"和"笔记"这两个当年文学的符号，均有着颠覆性质的意义和价值。当"我们"重新回忆20世纪80年代的文学图景，汪曾祺以及阿城成了盲点。1985年汪曾祺如是表达：我要对"小说"这个概念进行一次大冲决。可见汪曾祺的清醒，就是过去的小说有问题了。冲决就是冒犯。有些作家在时间的长河里会越发彰显其文学的价值，汪曾祺就是其中一位。因为他是在文学内部有破有立，对过去颠覆的同时，又影响了未来小说的走向。汪曾祺的小说不仅仅是他的独特风格，重要的是他那有灵魂的写作。因为，他的小说灵魂在场。灵魂在场是当前我们写作面临的重要问题。

心居笔记：冯骥才微型小说的另一种形态

2009年，我到宁波市区月湖畔贺秘监祠的《文学港》杂志当主编助理。贺秘监祠是为了纪念唐代诗人贺知章而建。记得开窗可见没入湖水的墙基旁游动的红鲤鱼。过了十年，我才获知，贺秘监祠与冯骥才先生有缘。

1992年3月，冯骥才先生回老家宁波举办画展，当时，政府打算将贺秘监祠改造好后移交文联。有话：如果你整个修缮了，这房子就给你。《文学港》由文联主办。修缮费用大约20万元。当时，冯骥才出售画展中的五幅画。我不知由冯先生出资修缮过了。

我只有以读者和同乡的身份，追踪阅读其微型小说，表达对他的敬意。《俗世奇人》获第七届鲁迅文学奖，我以微型小说作者和同乡的身份，暗自自豪。《俗世奇人》，36篇，其实是跨越十多年之集合，之一之二，各18篇。

2020年第一期《收获》，冯骥才新作，头条推出两个系列：《俗世奇人之三》；《非虚构：书房一世界》，副标题《心居笔记》。已同步由作家出版社出版单行本《书房一世界》。

《俗世奇人之三》，仍延续了前面两个系列的方法。我引用冯骥才的微型小说理论（成熟的作家都会用自己的小说理论创作自己的小说）："巧合和意外是它最常用的手段……结尾常常是微型小说的眼。微型小说完全可以成为大作品；珍珠虽小，亦是珍宝。"

巧合、意外、结尾，生成"俗世奇人"之奇。冯骥才尤其重视结尾："微型小说对于作者有一种挑战。微型小说不小，要找到特别绝的结尾"，"微型小说对我来讲是非常独特的思维，是先发现结尾，倒过来写。微型小说需要细节，黄金般的细节，在成功的微型小说的结构中，往往把金子般的情节放在结尾部分，好像相声抖包袱。"

《俗世奇人》系列微型小说之一、二、三，可见识到冯骥才的微型小说理论与作品的一致，相互印证。

冯骥才新作《俗世奇人之三》，计18篇，《心居笔记》计78篇。我把《心居笔记》当成微型小说读。

我曾将冯骥才的微型小说和汪曾祺的微型小说对比阅读。塔克拉玛干沙漠的胡杨树，同一棵树长出两种形态的叶子，杨树的叶，柳树的叶，以此比喻两位作家的笔记体小说，两种形态。冯骥才强化"俗世"中之传奇，传奇性，而汪曾祺注重"俗世"中之平常，平常性，减弱传奇色彩。笔记体小说这棵树，长成了两种形态的叶子。

冯骥才新作《俗世奇人之三》和《心居笔记》。假如，视为笔记体微型小说的话，不是可以领略冯骥才先生的另一套路子了吗？《心居笔记》弱化了传奇性。我想，冯先生活到这个年龄，已用平常的视角看待传奇的物事了，见多识广，见怪不怪了。《心居笔记》78篇，蕴含着他饱满而又平常的性情。

显然，冯骥才写《心居笔记》，其初衷，并非把它当微型小说写，下意识中，可能有笔记体小说的投影（我称此为谱系），可是无心插柳柳成荫，竟然成就了其笔记体微型小说别样的形态。我当编辑期间，在阅读时，常常把一些散文、随笔视为微型小说，这也是微型小说的可能性。

《心居笔记》78篇（我更偏爱副标题），我认定有27篇微型小说。以什么标准认定？两个重要的元素：人物和细节。此系列为关于小物件的笔记，心居是斋号，笔记为表达方式。心里还"居"着什么？小物件与心灵密切相关，从而传达出人物的性情和情怀、敬畏和悲悯。人物与物件的关系，又与时代和命运结合在一起，这就是微型小说的以小见大，以小示大。有大气象，大情怀。

1990年至2013年，冯骥才"行万里路"，做全国民间文化和古村落保护的事情。功夫在微型小说之外，却发现一些民间的小物件入了他的"心居"，还担任了与人物"平起平坐"的角色。同时，我发现，他以文化的视角切入，那些作为细节的物件有了"灵性"。当然，"物本无情，情在人心"（《异木》）。冯骥才曾办过《口袋小说》杂志（微型小说有多种叫法，一袋烟小说、掌上小说等），他提倡把生活中一些非常有灵性的东西写成小说。《心居笔记》里物件的灵性，他从平常里写，这与《俗世奇人》运用物件的方法不同。其实是运用细节的方式不同。这种差异，是表达形态的差异。

这种差异，就《俗世奇人》而言，用冯骥才的话说："文本、语言都是专门设计的。"设计即构思。套用《石虎》中的话，石虎包浆十分厚润，"全身最初刀斧之痕"，以石虎喻微型小说，有明显"刀斧之痕"，那是做小说的痕迹。突出的是"意外的结尾"，贯彻着作家的理论，也是看待和表达素材的方法。每篇微型小说，铺垫、渲染，都是一心一意为那个"抖包袱"的结尾服务（或设计）。

《心居笔记》也有巧合、意外，包括对物件的细节的珍视，然而，思维和视角起了变化：平等且平常地安放、处理细节，剥离了传奇色彩，传而不奇，意而不外。正如《关公》中写关公的神像，"没有半点人为的刻意……一任天然"。《三老道喜图》中，丁聪给冯骥才画像，说"你甭像照相那样，自管随便谈笑"，丁聪还笑道："像不像就不好说了。"

好一个"像不像"。读《心居笔记》，可看出，冯骥才不是在写微型小说，或说，写出的已不像微型小说（汪曾祺曾感叹：现在的小说太像小说了）。他"自管随便"（有作者曾问汪曾祺：小说怎么写？汪老答：随便）。就这么"随便"，冯骥才成就了自己微型小说的可能性。《潜在的阅读中》，他说此生只能去做"一个随性的文人"，终于达到了"随性"的境界。《桌下足痕》，他迁居，发现"书桌下边我踏足的地方，竟有两块清晰的足痕……分明是双脚搓擦的痕迹"，是无意之间心力的成果。《心居笔记》里，有许多不是"设计"而是"随性"的细节自然呈现，彰显了细节的力度，表现出微型小说运用细节的独特性。

《心居笔记》系列，也频繁出现巧合，不过，与《俗世奇人》的巧合不一样。我联想到美国作家保罗·奥斯特的《红色笔记本》（微型小说构成的短篇），以巧合的视角，表达童年的记忆，与冯骥才的巧合有异曲同工之妙。共同点在于开掘并发现人生、人性的微妙，而非追求情节之巧。这两位作家的两个系列，为何有亲和力？在于作家"在场"。《俗世奇人》是刻意写别人的事，写得很满，而《心居笔记》是随性写自己的事儿，多有留白，省略得有底气。有兴趣的读者，不妨在阅读《心居笔记》时，从中顺便提取你认定的微型小说。那么，可能性就出现了——微型小说还能够那样写？！

表与里：翻或拉的颠覆性

中国作家莫言的《翻》和以色列作家埃特加·凯雷特的《拉开拉链》的主人公都碰到了麻烦。这种麻烦表现为一个动作：翻或拉。都有共同的兴趣和执着：对里边好奇。

我也好奇。不过，这种对里边的好奇，对读者来说，是惊奇。阅读的惊奇。惊奇是已经稀缺的情感。作家，要学习这两个主人公，保持小孩一样的好奇，否则，读者就不会惊奇。惊奇并非传奇。

2004年，我碰见了莫言的《小说九段》，2013年，我遇见了凯雷特的小说集《突然，响起一阵敲门声》，凑巧同为接近年底。篇幅都不长，属于微型小说的规模。由后者，我立即想到前者，合并同类项。媒介就是翻或拉开外边，呈现里边的意象。

现实生活中，一个物件的形体，都有固定的结构，该在里边的就在里边，该在外边的就在外边，表和里构成统一。通常说的表里一致，或说表里和谐。打破了，就违反常规。起码，会有麻烦。

小时候，我在西部的农场，记得每年春季都要有一场屠宰，农场称之为淘汰。淘汰一批羊，就得集中屠宰，场面十分壮观。那些日子，连队传遍羊的哀嚎，似乎羊群知道大难临头。附近连队的职工，会来拖羊杂碎。一副羊杂碎包括羊的蹄、肚、肠、肾、肝。其中，羊肠子得翻，用一根筷子，抵着一头，带动整个肠子跟随着筷子，穿越肠子，然后，顺利地将肠子翻了个里朝外，用碱或盐洗净翻在外边的又臭又黏的肠内壁。我佩服大人翻肠子时的熟练技巧，那是日常生活里的事儿，已习以为常。后来，我也翻过细细的鸡肠子。对"里边"的兴趣，跟莫言小说里的那个小孩差不多。我甚至拆过钟表。

小说是虚构的艺术，它呈现的是一种存在的可能。扩大了翻、拉的范围，一旦穿越现实的边境，就进入了荒诞。于是，小说抛开现实的逻辑，实践小说的逻辑。

小说有自身的逻辑。我阅读过一些虚假的荒诞小说，他们在打开小说的世界时，以为可以随心所欲、自以为是地"翻"或"拉"。小说的情节在展开过程中很放肆，也可说不够自律。它们确实抛开了现实的逻辑，但同时，也抛开了小说的逻辑，这样，人物所带出的情节，就紊乱，而且，细节也随意，像主人公迷失了方向，不可信。我想，可能作家心里没装着一个活人，就胡编情节，造成了人物的无常。

其实，魔幻、荒诞仅仅是小说的手法，表现时，细部还是踏在现实的土地上。创作这类小说（我称为会飞的小说），作家面临着首要的问题是：怎么弄得像真的一样？

小说内在的逻辑紊乱，就失真。前提是，作家本身要相信，那么读者也会相信。这也是小说的道德。"像真的一样"，就是作家相信它真的发生了。而且，确实真的在小说里发生了。

我在一些作家这类小说里，发现了犹豫。可以看出，一只脚踏在"现实"的门外，另一只脚跨进了小说的门内。这种进退两难，犹豫不定的姿态，在小说里泄露出来。导致了小说在打开的过程中，人物的犹豫——迷失方向，就乱走，似乎越奇就越好。反映出作家自身缺乏自信和能量。其实，小说的情节展开轨迹，应当有一个方向感（活着的人物总有一个意向）。这种方向感由人物决定。

意大利作家艾科曾提醒我们：进入小说的森林，请注意，在那里，狼会说话。莫言的《小说九段》，也有一篇《狼》，开头一句：那匹狼拍了我家那头肥猪的照片。这是魔幻、荒诞小说的一种方法。卡夫卡《变形记》一开始，也直截了当地写了一个人变成一只虫。不交代理由，就从容地展开叙述。我在其中看到了作家的自信——毫不犹豫。莫言、卡夫卡都相信小说里"狼会说话"——已发生或正在发生。

哥伦比亚作家马尔克斯，为了增强魔幻小说的可信度，他找到了自己的声音：像老祖母一样用平常的语气讲魔幻故事。莫言的小说《翻》，采取间接转述的方式，转述了现任镇党委书记碰上了麻烦——五岁的儿子小龙的怪症：翻东西。见到什么都要翻过来。翻得里朝外。而且，翻得很来劲。翻到老子身上来了。

这种转述的一个特点是：奇异的事用平常的口气。含着可信性，因为是同乡同学。还以那对夫妻生儿子的经历来铺叙，由第一人称的"我"来转述，增强奇事的真实性——小说意义上的真实，但又由"现实"托着。把荒诞安放在现实的土壤里。

"我"的小学同学几乎是在求援求助，就如同我们的现实，突然出现超出我们计划和掌控的意外，而且，意外是从未有过的意外（这种意外已频频发生了），常常弄得我们手忙脚乱、不知所措，过去的一套都失效了。隐含着一个尴尬：作家并非全知全能。《翻》的结尾，没有出现"我"（也可视为作家莫言）的有效对策。作家的任务是什么？是提出问题，提出高明的问题，而且是用形象提出一个高明的问题，但不解决问题（这不是意味着作家不负责任或推卸责任）。我们许多作家小说中提出的是平庸的问题。提出问题的能力下降了，这涉及作家的精神能量枯竭了。

莫言是个擅长提出高明问题的作家。过了近10年，我还时不时地想起那个一根筋"翻"东西的小孩。想象一下吧，如果把所有的东西翻个里朝外，外在里，这个世界会出现什么样的状况？起码，没有隐秘可言了。我们死死守护的不就是"里边"吗？

那个父亲的儿子，"翻"东西，也有个循序渐进的过程，同时，也是小说的逻辑，先易后难——袜子、枕头，继而蚯蚓、母鸡、小狗。翻平常的物事，就像我小时候翻羊肠、鸡肠，习以为常。莫言慢慢地把我们带入异常，甚至要"翻"骡子这样的大家伙，那么就越过了"现实"边界。莫言是一个喜欢"越界"的作家。他从容地叙述，显示了他的自信。

这就是荒诞、魔幻小说的第二种方法：慢慢地越过现实的边界。采用罗列行为的方式，层层递进。最后，再缓一步，写他翻玩具狗熊。然后，一个飞跃：父亲突然感到肚子上痒，睁眼，儿子用指头比量着父亲的肚子，选择一个恰当的入口翻父亲。

莫言在写这个小男孩翻东西的过程中，一层层扩展翻的范畴，让情节"翻"出欧·亨利式的意外，写到翻父亲的高潮，挨了父亲一巴掌——扇到床下。莫言还嫌翻得不够，在高潮处，一个回落，写道：他哇哇地哭着，顺手把一只鞋子翻了过来。莫言很好地把握了这个"翻"起起落落的节奏。

翻不成父亲的身子，而翻父亲的鞋子，而且是一只，可见翻得执着、着迷。高手之笔在于翻父亲不成转而翻鞋子。连父亲的鞋子也不放过。

结尾一句仍是向"我"求救求助——你说怎么办？作家没表态，那么就把问题留给读者吧。

古今中外的小说，表现父子关系的作品甚多。莫言写的这对父子，给读者带来了惊奇。那个着迷于"翻"的小男孩，颠覆了我们习惯了的人与物的关系，里与外的关系，更要命的是颠覆了父与子的关系。父亲在他的眼里，也是可供"翻"的物件。一种颠覆。

以色列作家埃特加·凯雷特的小说《拉开拉链》，是翻的变体——拉，人物关心的也是"里边"。人体作为主人公视角里的物件，类似一个带拉链的旅行包。他的方法：快快地越过现实的边界。也就是一开始就写生活中的异常。不过，在叙述过程中，有着扎实的写实手法，像真的在发生一样。我佩服凯雷特写这类小说的真诚和自信，毫无顾忌，毫不犹豫，他完全沉浸在小说的世界里了。

莫言的《翻》，从大往小写（所谓大，是小男孩的身世背景：他从哪里来？个人的社会背景）。而凯雷特的《拉开拉链》，从小往大写（所谓大，是带出女主人公的大关系，两个男人的背景）。但是，两位作家共同之处是紧扣一个动作，贯穿全篇：翻或拉。

为什么要"拉开拉链"？凯雷特切入小说用了一个小细节来开头：一如既往，一切都是从一个吻开始的。这对男女的舌头搅在一起。舌头是敏感、脆弱而娇嫩的部位。女主人公艾拉的舌头被齐基的舌头扎伤、流血。一奇。舌头泄露了隐秘。有悬念，有陌生。

于是，这对男女的关系发生了变化。由舌到嘴，再到整个身体。小到大。作者给了齐基一个细节：张嘴睡觉。这是个小小的通向秘密之"门"。小说打开的逻辑，就像她打开他，要有一个打开的合理细节或情节的逻辑。乱打开，就失真。

女主人公在齐基的舌头底下发现了异常：一条细小的拉链。这一拉，拉开了真相，并且，为接下来的情节奠定了基础：她的好奇启动了，或说飞翔了。

拉开拉链，作者写道：齐基整个人就像蛤蜊那样打开了——里边竟然是于尔根。于尔根是她前任情人，即未婚夫。可以想到，这是一种潜意识的实现，按弗洛伊德的说法是梦的达成。她其实还怀念前男友。前男友这样隐匿在现男友的体内，形成了对比。二奇。凯雷特却极力把奇异往平常里写——回归日常生活。我们通常会抓住奇往奇里写。而高手是把奇异往平常里写。

艾拉没有表现出惊奇，她像平常一样从从容容地做些善后工作。如同处理垃圾那样，将齐基的外皮折起来，放入垃圾柜。然后，跟前男友过起夫妻一样的生活——写到双方文化的差异，人生的态度，导致前男友跟她再次分手出国。

爱情出现了数月的空档，于是，无中生有，女主人公记起齐基的外皮——那是个空壳了。一切都不可挽回，她想：拉开他的拉链也许是个错误。这里用的是吃不准的口气。故事进入高潮，是承接了那一个吻受到的伤害。现在，她面对自己，由他者到自己，外转内了，在镜子里先看见伤疤，接着，发现自己的舌头底下有同样一条细小的拉链，想象里面的自己会是什么样。三奇。但作者没有走以奇为奇的路线。

打开别人容易，打开自己犯难。她期待并好奇"里边"的存在，但她鼓不起勇气揭示。最后，作者点到：怕会很疼。

其实，疼的是心。但是，她已麻木了。

可能每个人的"里边"都有一个别人。一旦触及自身的隐匿，不就像女主人公那样担心、犹豫了吗？不敢打开自己。《翻》中的父亲，不也害怕了吗？

中国的莫言和以色列的凯雷特，都对"里边"发生了好奇，这种翻或拉的假定，是一种小说的可能性，用陌生的方式抵达我们熟悉的现实，呈现了人类普遍的情感。似乎翻开或拉出了每一个人的隐秘。两个关于里边和外边关系的故事。

一座楼房得有个基础，小说像一座楼房。从作家与读者的关系来说，我启用一个词：相信。由此，我想到两位作家建筑小说的基础（或前提）。莫言和人物结成朋友的关系，让人物倾诉，形成一种貌似真实的姿态，目的是首先解决一个"相信"的问题。他通过这种方式让读者相信：我讲的是个真实的故事。而凯雷特却不在乎这一点，他直截了当地讲一个在我们认为的现实中不可能发生的故事，他对读者的态度是"信不信由你"。类似卡夫卡的小说《变形记》一开始就写一个人变成虫，也不交代变成虫的技术方面的原因。但是，我看出作家本人相信自己所讲的故事的真实性。莫言的方式，隐含着他的顾虑，得借助一种方式跟读者套近乎：这样你总该相信了吧？！莫言的长篇小说《生死疲劳》，有个东方文化的轮回观念拖着，他表现人物生死轮回之疲劳，就毫无顾虑了。

年复一年，那么多小说问世，有多少小说能让读者铭记？哪怕一个细节。我记起的是翻和拉的动作，就是这两个动作在我的脑袋里翻来覆去，挥之不去，构成难忘的形象。我想起汪曾祺的小说《陈小手》，说陈小手活人多矣！作家不也争取活人多矣吗？

汪曾祺的老师沈从文说：贴着人物写。我还嫌这不够引起注意，因为人物有许多个侧面多种行为。作家应提取其中一个细节，给人物配套。强化、夸张一个细节，并贯穿始终，颠覆习以为常的思维（某种意义上，小说需要有一种颠覆精神），让一个有含量的细节发挥巨大的能量。所以，我认为：要贴着细节写。我是个细节主义者。

补充一点埃特加·凯雷特的背景。1967年他出生在以色列，父母是纳粹大屠杀的幸存者（我想到莫言，经历过饥饿、运动，其作品里有着疼痛）。他以短篇小说创作见长。短篇小说集《突然，响起了一阵敲门声》，里边基本上是微型小说。他的小说荒诞、有趣（怎么把小说写得有趣？这是一个经典的例子）。他被称为以色列当代最好的短篇小说家，甚至，得到多位当代著名作家的推崇。这是一位没让我在阅读后失望的作家（我在各种推荐、炒作中阅读某些作家的作品，时常会失望），而且，名副其实地杰出。

所以，我把世界文学天空中的两颗星星对比着来观赏。随着时间的流逝，一些流星消失了，我相信，这两位作家仍然闪烁着小孩纯真的眼神。因为，我忘不了那小说中闪闪发光的细节，它们照亮了人物形象。人物一旦执着，小说就有趣，人物就可爱。

拉开拉链

［以色列］埃特加·凯雷特　著　　楼武挺　译

　　一如既往，一切都是从一个吻开始的。艾拉和齐基光溜溜地躺在床上，两人只有舌头搅在一起。就在这时，艾拉感觉被什么东西扎了一下。"我伤到你了吗？"齐基问。在艾拉摇头时，他又立刻补充道，"你流血了。"确实，艾拉的嘴巴流血了。"对不起。"说着，他在厨房里手忙脚乱地找了起来。最后，他从冰箱的冷冻室拿出制作冰块的格子，对着案板砰砰砰地敲了一阵。"给，拿着，"他哆嗦着把冰块递给艾拉，说，"把它们贴到嘴唇上，马上就能止血的。"齐基对这些事一直都很在行——他在部队那会儿是个护理员，现在又是个训练有素的导游。"对不起，"他脸色变得更加苍白了，说，"肯定是我刚才咬到你了。你知道的，一冲动就不顾一切了。""没关系，"艾拉用冰块贴着下唇，笑着说，"什么事都没有。"当然，她是在撒谎，因为其实有"什么事"。毕竟，这种情况不是每天都会发生：跟你生活在一块的人弄得你流血了，然后对你撒谎说咬到了你，而事实上，你明显感觉到被什么东西扎了一下。

　　嘴唇是人体非常脆弱的部位。因为她的伤口，他们几天没有接吻。后来，等到能够接吻了，他们也得非常小心。艾拉能感觉到齐基有什么事瞒着自己。有天晚上，趁齐基张着嘴睡觉时，她把手指轻轻地伸到他的舌头底下，果然发现了异常。原来是条细小的拉链。随着她拉开拉链，齐基整个人就像牡蛎那样打开了——里面竟然是于尔根。和齐基不同，于尔根留着山羊胡子，鬓角修得很整齐，也没有受过割礼。艾拉打量了一会儿熟睡中的他，然后小心翼翼地把齐基的外皮折起来，藏到厨房垃圾桶背后、放垃圾口袋的柜子里。

　　于尔根过得很不如意。他们的性生活倒是非常美满，但他经常酗酒，而且一喝就要酒疯，大吵大闹的，做出各种蠢事。除此以外，他还动不动就让艾拉心生愧疚，说他是为了她才离开欧洲，来这里生活的。不管在现实中还是电视上，这个国家一出现什么坏事情，他就会对艾拉说："瞧瞧你们国家出的这些破事！"他的希伯来语非常糟糕，说"你们"两个字时，让人听着总是带有很重的指责意味。艾拉的爸妈都不喜欢他：她妈一直喜欢齐基，而管于尔根叫"异教徒"，她爸则老是问于尔根工作的事——每当这时，于尔根就会嬉皮笑脸地说："啊呀，希维罗先生，工作就像男人的小胡子，早就过时了！"这句话从来也没把谁逗乐过，更不要说仍喜欢炫耀小胡子的艾拉她爸了。

最后，于尔根离开了，回到杜塞尔多夫搞音乐，靠领救济金度日。"在这个国家，我可能永远也成不了歌手，"他说，"人们会因为他的口音而瞧不起他。再说，这里的人对德国人抱有成见。"艾拉觉得就算在德国，凭那奇怪的曲子和低俗的歌词，他也走不了多远。以前，他还写过一首关于她的歌，歌名叫《女神》。整首歌从头到脚写的都是在防波堤上做爱的事情，还写到她达到高潮时，感觉"就像一阵波浪拍打在礁石上"——当然，引号里的话是他引用的。

于尔根离开六个月之后，艾拉在找垃圾口袋时看到了齐基的外皮。拉开他的拉链也许是个错误，她想，可能吧，这种事，谁也说不准。同天晚上，刷牙时，艾拉回想起了那次接吻以及被扎到的疼痛，于是用清水连漱了几下口，又照了照镜子——她的嘴唇上还结着疤。仔细看时，她发现自己的舌头底下也有条细小的拉链。艾拉犹豫地用手指摸着拉链，想象里面的自己会是什么样。她满怀期待，但又有点担心——主要是担心会看到一双长满斑点的手和一张干枯的脸。可能会有个玫瑰花文身吧，她想。她一直想去弄个，但始终鼓不起勇气，怕会很疼。

（选自上海文艺出版社《突然，响起一阵敲门声》）

后记：这一年，很特别

　　这一年，很特别。我在第六讲《诺埃尔：寒夜中的夜晚》中，镶入了一则闪小说《突然》，形成互文性，向皮埃尔·莱克塞尔的《诺埃尔之夜》致敬。新型冠状病毒，到了这一年年底，我仍然没见过它长啥样，耳闻目睹国内国外对它的反应，日复一日增长的数据，现实中我蜗居在家成了常态，出行必戴口罩。我想起堂吉诃德大战风车，那是堂吉诃德的幻觉，却有意味。我还想起博尔赫斯的迷宫，一个国王制造了迷宫，惩治敌人，而国王战败，对方将他送往沙漠腹地，那是更大的迷宫。将近半年，我待在家里，感觉新型冠状病毒是文学的隐喻。微型小说的品质，取决于形而上的意味：象征、隐喻等元素。微型小说以小示大，那个"小"就是细节。如同一片叶联想到一个森林，一粒沙联想到一个沙漠。

　　这一年，很特别。我调整了自己生活和写作的状态。不知不觉，我写了四部书。《如何发现微型小说内部的秘密》、《黑蝴蝶——故乡古人》（是第一故乡余姚从元代到清朝的系列人物的笔记小说）、《大肚子沙丘》、《阿凡提的奇妙生活》。后两部，写着写着，觉察出是儿童文学。那是我多年的心愿。儿童文学不好写。我意识到，均为写第二故乡新疆之书，我永远跳不出"故乡"的如来佛掌。我想到，孙悟空有一个筋斗云翻十万八千里的本领，他翻了几个筋斗，想象中已翻出了如来佛掌，就得意地撒了一泡尿，可抬头一看，五个指头构成的山峰还在。对微型小说而言，翻筋斗是情节，撒猴尿是细节。博尔赫斯说：故事无非是那若干种模式。写出新意，还要靠那一泡猴尿。我是个细节主义者，经典作家和一般作家的区别，在于细节的运用。我意识到，无意之中，我身兼两职，既是创作者，又是评论者。

2020年10月26日，百花洲文艺出版社副总编辑，《微型小说选刊》杂志社社长、主编张越突然（生活中总是出现突然，而且有预兆：我住在八楼，有鸟在玻璃窗外鸣叫，这类现象出现过多次，可能因为我写魔幻小说多了有关吧？）来电话，约讲稿系列一部。几年前，我在《微型小说选刊》开了个专栏，便是后来的那部《向经典深度致敬》（此前，十多篇完整版由《文学报》刊出过）。作家其实就是要面对着一个基本问题：怎么看？怎么写？阅读与写作有着秘密的关联，怎么读就怎么写。同一个文本，有的读者关注情节，有的读者在乎细节，有的读者琢磨人物，有的读者偏重故事。由此，读者的观念就有了差异，就不知不觉地体现在创作之中。所谓微型小说内部的秘密，我是想引起写作者重视微型小说本体性的问题，一句话，就是贴着人物运动中的细节写。因为贴着人物写，还不易领会，我进一步，落在与人物相关的运行的细节写。

2019年12月初，新型冠状病毒已有前兆，像沙漠起沙尘暴，我偶然起兴，选了2019年10月公布的2018年诺贝尔文学奖得主，波兰作家奥尔加·托卡尔的一部童书《遗失的灵魂》，其实是一篇微型小说，写了一篇评论，发给《小小说选刊》主编秦俑，他立刻回音，刊在选刊2020年第1期，随即达成了意向，开设"时文欣赏"专栏。该专栏设定为世界当代微型小说，模式为一期一篇评论加作品。我有个世界微型小说专柜，选了若干集子，毕竟已精读过，还在目录中文本中做过标记和旁批。这活儿好干，一天一篇，一个月我就赶出了一年的专栏文章。好像一台闲置的机器，加了油重新启动，欢快运转。我发现，我将许多外国长篇小说也纳入了微型小说专栏，那是采取系列微型小说的方法构成的长篇小说（反过来，也是一种微型小说的可能性），此为世界长篇小说的一个有趣味的新趋向，它符合当今网络时代碎片化的表达方式——现实与文学的关系上，作家面临着怎么写的问题。年中，《小小说月刊》朱昱颖约我也开设个类似的专栏：赏析论坛。我又在《文学报》发表了写汪曾祺、冯骥才微型小说的评论，均为笔记小说，这种表述方式，我以为最适合表现南方独特的现实，却又看到，蒋子龙的一组笔记小说，他在访谈中做出"到了笔记小说的时代"的判断。预先设想，2020年诺贝尔文学奖公布了，选一篇，作为结尾，却是个诗人。只得将评论莫言的那一篇挪来与开篇呼应了。

　　每一种文体，都有一个本体性的特征。微型小说究竟有什么特征，多年来，众说纷纭，各执己见。我创作微型小说数十年，讲究可操作性。我写微型小说，是把它当小说来写，破除模式化。因为，微型小说首先是小说，然后才是微型小说，不能孤立而又封闭地对待微型小说。它是小说家族中的成员，大狗叫，小狗也叫（契诃夫语），但都是狗叫。读写多年，我认为，除了规模不同，最大的区别在于（尤其与长篇、中篇小说相比较）：运用细节的方式独特而已。阿基米德说：给我一个杠杆，我可以撬动地球。我想，给我一个细节，有含量的细节，我能够照亮一篇微型小说。细节对微型小说而言，有举足轻重的功能。我每年都要写一个浙江省微型小说述评，我发现，百分之八十以上的作家，偏重故事的情节，仅在故事层面运作，甚至滑行，往往造成故事像一个完整的棺材，却装着死人。其中，人物被预设的情节绑架，那是作者强加给人物的情节。微型小说的首要任务是活人。作家紧贴人物，要给人物一定的自由，让人物做自己，就会生发出情节。

　　《如何发现微型小说内部的秘密》，是我第六部评论集。我将微型小说放在当代世界小说发展和当下网络时代状况的背景中去观照，突出微型小说欣赏和创作需要把握的重要元素。我写评论和写小说，某种程度上有着一致性。我把微型小说的评论分为两类：一是论文式评论，是俯视性的评论，基本是套用某个理论流派，去套微型小说之马。套一匹马尚可，套一群马就牵强了。因为，创作不是依照一种理论运作。好的理论应当从文本内部的解读出发，而不能在文本外围绕圈子。既要揭示文本内部的奥秘，又具有超越性、前瞻性，发现一个作家的特点、局限、潜质、趋向。二是随笔式评论，是平视性的评论，不在乎套路，而是注重对具体作品带入式的评论，也就是具体作品具体分析。我偏爱第二种，也算是我的评论观。因为评论也要有趣味、有性情、有悬念、有闲笔，像写小说那样写评论。总之，写评论要过细读文本这一关。写微型小说要"贴"，写小说评论也要"贴"，不能隔靴搔痒，要有发现独特性、可能性的眼光。这一年，很特别，也是我静观、反思的一年。

2020年岁末，有一天早晨，我在公交车站候车，一个老太婆牵着一个小女孩的手，也刚到。三岁的小女孩掏出口罩戴上，突然说：奶奶，口罩。老太婆匆匆出来时，换了一件外套，没把口罩带上。小女孩埋怨奶奶的忘性。于是，奶奶按小女孩的指示，去候车站十几步远的商店买了口罩。三岁小孩，已懂世事，长了记性，她的记忆的开端，口罩与生活密切相关，尽管逢了突如其来的疫情，但是，口罩已是她生活中必需品，跟穿衣鞋那样平常。口罩已确立了她的人生某种生活方式（包括交流的方式），那么，她长大后，口罩对她的人生会起什么作用？而她的奶奶，戴口罩只是暂时的无奈。奶奶的人生，更多的时间是不戴口罩，对微型小说来说，细节有着举足轻重的作用。这一年，很特别，我出门，总是带着口罩，不忘。

由于本书出版时未能与部分译者取得联系，请译者看到本书后和我社联系。

联系方式：0791-88524703